百家文学馆

尘封中的柳市

孙 平 著

中国文联出版社

图书在版编目（CIP）数据

尘封中的柳市 / 孙平著 . -- 北京：中国文联出版社，
2022.2（2023.3 重印）
ISBN 978 - 7 - 5190 - 4557 - 9

Ⅰ . ①尘… Ⅱ . ①孙… Ⅲ . ①散文集—中国—当代
Ⅳ . ①I267

中国版本图书馆 CIP 数据核字（2022）第 015353 号

著　　者	孙　平
责任编辑	王　斐
责任校对	胡世勋
装帧设计	中联华文

出版发行　中国文联出版社有限公司
地　　址　北京市朝阳区农展馆南里 10 号　　　　邮编　100125
电　　话　010 - 85923025（发行部）　　　　85923091（总编室）
经　　销　全国新华书店等
印　　刷　三河市华东印刷有限公司

开　　本　710 毫米×1000 毫米　　1/16
印　　张　14
字　　数　180 千字
版　　次　2023 年 3 月第 1 版第 2 次印刷
定　　价　75.00 元

序：基层写作

——作者的话

孙 平

作家就是一个手艺人，写作最像做菜。做好一道菜，首先要选料，要具备选择各种新鲜食品、作料的火眼金睛；其次是配料、火候的掌握，时间的掌握等；菜是烧给别人吃的，所以还要根据食客们的口味。说到底，一道菜的成功与否，最重要的是厨师与食客配合的默契程度。在部队我当过炊事班长，部队的官兵来自五湖四海，他们的口味酸甜苦辣各不相同，这是对炊事员的最大考验。我的写作题材主要是来自乐清，尤其是柳市这块巴掌大的地方。因为我的写作无法离开这个地方，否则我将一无所获。年轻的时候，我是从写诗开始的，写法侧重于抒情。这几年我到乐成之后，接触到了文史界。文章内容涉及乐清的古城、古景、古塔、古桥等，为此我写了好几篇文章。近几年来，通过乐清市文史工作者的辛勤劳动，出了许多文史料书籍，为我提供了宝贵的资料。在写一篇文史类的文章之前，我总会尽可能地收集到更多的资料，并做全方位的学习了解，然后对那些迷惑不解的东西，再去采访，最后根据自己的立意，将它呈现出来。然而这类文章大都是任务稿，以命题而作，写起来虽然觉得不畅快，但也没其他法子，我只能写下去。写作要有一种境界，境界是看不见、摸不着的东西，全是作家心灵的自我反应，自我内心的表达，这种表达要依赖一种思想理论基础。写作如炒菜，这么多的厨师做菜大同小异。真正要使菜做得好吃，还要色香味俱全。首先要有一定的境界，其次要有足够的时间与毅力。师兄神秀作偈曰："身似菩提树，心似明镜台，时时勤拂拭，勿使惹尘埃。"六祖感觉禅悟不彻底，便吟道："菩提本无树，明镜亦非台，本来无一物，何处惹尘埃。"做什么都要想得彻底，你想得彻底了，别人就无计可施。深层次的思想也需要时间，德国为什么会出现这么多哲学大家，据说是因为德国天气冷，德国人吃了没事做，就在那里苦思冥想，于是有人出现了奇迹。这与中国的"格物致知"道理是一样，但是常人在那里"格物"了几下就受不了了，就要退出现场。要写作首先得多读书。前几年，我最喜欢汪曾祺先生的散文，轻松幽默，充满智慧。我一直以汪老为楷模，遗憾的是，从他那里我并未学到很多东西，这可能与一个人的学识、修养有关。我还读了一些存在主义理论与作品，我相信世界是荒谬的，未来是不可预测的，人应当有所作为。我觉得当下的社会与存在主义的哲学理论有许多相似之处，我把这种思想有意地渗透到了我的一些作品当中。不过我读得最多的还是小说，但写的大多还是报告文学与散文。我一直认为自己是基层写作，基层写作等于厨师在排档做菜。我的作品登不上大雅之堂，对象只能是小地方的低层人士。我的写作观点是，不能故弄玄虚，把作品弄得很深奥，像《周易》一样，要用好几本词典来解释，才能读得懂。鲁迅说过："时间就是生命。无端地空耗别人的时间，其实无异于谋财害命的。"因为每一个人的时间都是非常宝贵的。给自己看的文章，是归个人所有，写给别人看的就是大家的；写给自己看的，你怎么写都行；写给别人看的，那就不一样了，你要考虑到别人的感受。所以我更关心的文章是些什么内容，怎么写才使别人更容易接受，几十年了，我一直在这两方面努力着。我盼望自己的"菜"能做得更好，让更多的人喜欢。谢谢每一个帮助我"做菜"、喜欢我"炒菜"的朋友们。

2018年2月7日

目　录

柳市之名

"嘟……"汽笛悠长、沉闷、深重而破裂的声音，犹如一条长长的绳索，拖着一节又一节的船厢，仿佛从遥远的天边而来。随后，船尾分散着无数条涟漪，形成一个巨大的扇面，如整经机拉出的千万条彩线。涟漪渐渐变大，变成一股大浪，向两岸扑去，埠头洗衣的妇女们赶紧拿起衣物向岸上躲避。这都是见惯了的，我们这些小孩，一见轮船来，就会大声念道："轮船老大，尾巴翘翘尿拉拉。"轮船并无尾巴，只有从柴油机里流出的用来冷却的水。这时，轮船变成了动物，是田间耕田的老黄牛，拖着沉重的后腿，而浪花则是牛身上涌淌的汗水。

这就是20世纪七八十年代的柳市轮船埠头，水上交通的枢纽，水网如织，四通八达。大榕树郁郁葱葱，蔚然成林，能容纳几十人遮天蔽日。榕树上长着圆如豆的果实，小时候，经常与小朋友们爬榕树采果子。夏天，孩子们爬到树上，到树顶时，跃身跳到水里，巨大的树干被我们踩得溜光溜光的。

一

从乐清、白石、翁垟、黄华来的船都会在柳市轮船埠头停靠，河泥溜、青田船、河厢船，各种船只蜂拥而来，最长、最壮观、像火车的自

从北面看柳市轮船埠头　　　　　　　孙平/摄

然是轮船，也叫"河轮"。几乎所有与柳市有关的物品进出、人员来往都是通过轮船码头，我们都叫它"轮船埠头"，所以这里也是从事商贸活动的聚集场所。它是柳市扬名的地方，也是柳市商业的发祥地。明隆庆年间的《乐清县志》记载：西乡有柳市，据传其独龙冈（今龙岗山）古时风光旖旎、山水秀美。龙首桥（今虎啸桥）畔有一棵大柳树，浓荫如盖，乡人多聚集在柳树下交易，以自家之有余易自家之不足，久而久之，得名。

　　早在唐天宝年间，柳市已有舟楫从事水上运输。1132年，南宋乐清县令刘默捐俸筑塘，自县城迎恩门至琯头50里，称为刘公塘，是颇具规模的船舶通航道。宋元时期，在经历了长期休养生息之后，国家经济得到飞速增长，温州地区的农业、手工业也得到长足发展。柳市已有客商与洞头、北麂、南麂、宁波、福建、台湾等地开通贸易，贩运咸鱼、酒、茶叶、瓷器等物资。民国时期，柳市船民从青田县购胙艋船，运载生猪、稻谷、竹木、水果等物资，运往青田、丽水、龙泉等地。

由于商品交易与交通的增长，桥梁作为沟通两岸联络的必需纽带，得到迅速发展。后街老桥、龙吟桥、东头桥、西头桥，把轮船埠头围在中央。虎啸桥，是横架乐琯主航线上的一座大桥。建于民国初期，原为5间石板桥，原桥两旁有对联："猛虎高啸孤蟾畏缩，神龙现首宵小销声。"群众出于祈求盛世太平之夙愿，将此桥取名"虎啸桥"，与龙吟桥呼应。这里也被有眼光的人士看中，1900年人们在这条路边，创办柳市第一所小学，还有文昌阁。后来还有造船厂、木材公司、轮船公司等在这里落户。集市日到来的时候，这里宛如《清明上河图》中的画面一般，热闹繁华。

二

然而在早年间，人们坐河泥溜或单桨小船，由于这两种船船身小，

从南面看柳市轮船埠头　　　　　应裕志/摄

速度慢，遇狂风暴雨，易被掀翻，颇不安全。而稍微大一些的船只，数量很少，价格高，只能供豪绅官吏们享用。所以更多的人外出都是步行，本地人叫"打路走"，如担东西，担农副产品，猪、海鲜、素面、粉干等。凡经商、求学、做工等，都需要肩挑手提，早行晚宿，日走100里路，有些甚至要走好多天。

1928年，以大地主徐元善为首，发起创办永乐汽轮股份有限公司。琯头至乐清由24马力的"旧永清轮"行驶，每小时行程只有5公里。经常不能按时起航，准时到站，人们都叫"遍轮"。后来永乐轮在琯头被日机炸沉，公司财产损失一半，元气大伤。到1979年后，内河运输才真正得到发展。在这之前的很长一段时间里，西乡交通主要依靠自行车带客、拖拉机载客，还有货车代客车。

乐清从1934年开始，建设杭温公路。但好景不长，1937年抗日战争时期，为防止日军犯境，炸毁了桥梁，交通被中断。1951年开始修复通车，但车辆依然稀少，而且票价很高，一般人都买不起。所以乘轮船仍然是人们出行的首要选择，轮船码头自然也成了货物的集散地。长期以来，人们一直都在这里进行商品交换、货物买卖，行人们几乎把所有的理想都带在身边。

螺旋桨的转动，足足让木桨划了1500年。从盛唐划来的那双木桨，一直划到了20世纪初，如笔的桨，每次沉重的插入，都是一次艰难行进。而一个发达的商业社会，需要一定的财富积累，更需要历史的沉淀。

三

在柳市轮船埠头，人来人往，熙熙攘攘。那张船票和上海公共汽车票一样，小小的、薄薄的，票面印的是"柳市—乐清"，票价2角5分。票得提前买，临时很难买到。票买来后，得等很长时间。如果轮船"遏班"了，就要在岸上等好久，你可以看看小人书，看看西洋镜。肚子饿了，这里摆着各种各样的点心：光饼、馒头、豆腐稀、灯盏糕……你也可以选择在船舱里等，里面有变小把戏的、唱温州鼓词的，也有打广告、买老鼠药、买百草曲的，还有一些新奇的日常生活用品叫卖。印象最深的是《千里香》的广告词，那时人们买不起香水，只买香纸，放在口袋里，全身都香，只见小贩手拿一张如名片样的香纸，用温州话朗诵道："千里香，千里香。走东，东也香；走西，西也香。坐轮船，轮船底香；坐汽车，汽车底香。宿屋里，屋里香；上厕所，厕所香。香兮香、香兮香，一角番钱买一张。"

汽笛响起，大家的目光和心思就全部转到轮船上去了。船离岸后，大家心情突然愉快起来。一只船离岸，另一只船靠岸，一些人等待出

尚存的老榕树　　　　　　　　　　　孙平/摄

发，一些人急盼到达。船与岸分离的时候，就是船与岸的握手；轮船靠岸的时候，就是船与岸的拥抱。那是因为不管路途长短，都需要漫长的行驶，漫长的等待。

四

当人们背着包囊，装上工作证、介绍信、虾干、鱼干……去远方寻找新理想和希望时，河轮在汽车面前，就显得苍白无力了。当汽车、飞机的时代到来时，轮船埠头昔日的繁荣景象已鲜为人知了。轮船巷、四合院、河厢轮，几行陌生的文字，早已被尘封在历史里。如今，街道被当作了停车场，店铺里的柜架上摆满了电器配件，昔日的大榕树也被瘦身，而河中载沙的几只水泥船，已无法续说昨天的故事。

"嘟……"我的脑海里，时常能听到那悠长、沉闷、深重而破裂的声音。我不时地梦想着柳市的河水变得清澈，轮船埠头两岸长着巨大的柳树，古朴典雅的房屋倒映在水中，这里成了柳市的文化中心。本地诗人郑林祥先生撰联云："千家灯火，光耀三河月；一岭松涛，青摇万树风。"这里是柳市最美的地方，它是历史的抉择、诗人的期盼、百姓的意愿。今天人们应当有更大的设想与实施计划，因为这里是柳市诞生地，这里是柳市繁荣的前奏，这里是柳市文明富庶的象征。

2013年

柳市的老街

每一个小镇都有一条街，每一条街都有自己的故事。

家乡柳市，河网交织，鸟语花香，绿树成荫。小河流进居民小区，街道穿过小镇中央。

难忘的是老街，6米宽的地面，以"人"字形为图样，用青砖倾斜地镶嵌着，像北方人家垂挂在柱子上的玉米。街道南北走向，有前市街、后市街之分，在明清时期就被称为"柳市街"。街不长，约500米。后街为北向，大部分的店铺都集中在后街。店面大都是木结构，偶有几间徽式建筑，楼层最高为三层，一眼就能望到屋顶。店面一般都是单间的，很少有几间连着的，清楚地表明了商业的规模。让我印象最深的是店门，门板约5厘米厚、3米高、40厘米宽，开门关门是每天早晚都得做的工作，本地叫这种门为"坛门"，坛门在上下凹槽的木柱中推开合拢，对于店主们来说，推开的是希望，合拢的是收获。

一

与所有的少年朋友一样，我所关心的是街上各种各样好吃的东西。因为在我的感觉里，街就像女同学那根长长的辫子，喷香喷香的，总有说不尽的迷恋之情。商店里散发着各种诱人的香味：糖果、广饼、大红

柳市老街　　　　　　　　　　孙平/摄

瀑、兰花豆、白象香糕，反正每一样都会使我垂涎三尺。至于油条、甘蔗、苹果那就更不用说了。就说馒头吧，恨不得把整笼统统吞掉，以至后来看了《西游记》里白骨精提着热气腾腾的馒头时，自己就想吃。

那真是一步一个诱惑。转过头，便看见了一个打豆腐稀的，都是一分钱一碗。豆腐稀放在一个长桶里，以利于保温。长桶外面画有各种好看的花鸟画。非常薄的勺子，一勺一勺地将豆腐稀打进红花碗，然后撒一些白糖，再撒一些香料汁，我经常会在这些店铺前呆呆地站上好长时间。

除了吃的，还有玩的，如做把戏、打小铁、看西洋镜；当然也有连玩带吃的，如打甘蔗，带有赌博性质。用水果刀将整根甘蔗打成两爿，才算本事最大了，就可以白吃。假如不成功，按规则得花钱来买。但事实上，很少有人能把甘蔗劈成两爿的，不过，劈得越深就越划得来。

那时大家都很贫穷，在许多人家里，苹果一个人只能吃一小片。说一个人竟问店主，5分饼多少钱一个。对普通的食品会是这样的陌生，说来可笑，却不免令人有些心酸。客人来了都在家里做一碗面或者粉干，一般不会上酒店，更没多少人能喝得起酒。煮一碗面条给客人吃，一两粮票、一角钞票。一些肉丝、一张鸡蛋皮，本地人叫它"卵皮"，那个客人一定是贵客。一次，我家来了一个上海客人，十几年不见，那是稀客了，母亲叫我去"合益"（饭店）买面。平时家里做饭炒菜，最先进的也只是用手拉的"风箱"，可"合益"里用的是电动鼓风机，不一会儿工夫，一碗香气腾腾的面条就做成了，使我惊叹于电动的神奇力量。

二

当时商品严重匮乏，街上衣食较多，住行用品较少，基本上没有建筑材料。一般日常生活用品都带一个"洋"字：洋皂、洋巾、洋袜、洋伞、洋油……当然这些带"洋"字的商品其实都是国产的。那是一个票证狂舞的年代，买什么东西都凭票，布票、煤票，连买火柴也凭票。票证让居民户口们足足吃开了几十年，票证就像统治者，统治着你的人生。每户人家都供应一瓶啤酒。一户人家，过节时，只分到一张啤酒票。排队是经常的事。为了能买到豆腐干，我经常五点钟就起床，到供销社水产品店排队，天还漆黑漆黑的，店门未开，就早已排了长长的队伍。有人用石头、菜篮、吃谷鸡等当人排队。但是有些商品即使你有票也未必能买得起，如手表、自行车、缝纫机等贵重物品，因为大部分家庭经济都比较困难。

供销社是生活资料供应的中心，是个很吃得开的单位，工作人员掌握着物资审批、发放的特殊权力，他们家庭的经济状况自然就会引起人们的高度关注。那时流行着一句顺口溜：

> 工资三十三，香烟吃牡丹。
> 姆儿成蛮班，屋堂起三间。

房子一般最高也就是三层楼，但这在人们心目中，已是这个地方最高的楼房了。工资收入似乎与消费不成正比，这当然是个别供销社工作人员的情况。

三

那时柳市既是镇与柳市区政府的所在地，也是乐清西片经济中心，柳市街成为农产品及物资交流的中心。农副产品来自三方面。一是卖柴人，从山上担来。二是由附近农民种植的瓜果蔬菜，从水里打捞来的河鲜。三是沿海渔民担来的海鲜，从翁垟、黄华、七里港等地送来种类繁多的海鲜。街的中央叫"雨伞桥头"，一般卖的都是柴火，因为是从山上担来，有些担柴人偶然到街上，对行情不太了解，这时，"牙郎"发挥作用了，"牙郎"充当经纪人的角色。经济人是信用的象征，懂行情，讲公道话，有广泛的信息来源，有时还是市场价格的制定者。谁都得问他，一个不知情的人买东西时，得到的价格一般是很贵的，他过来一说，就会便宜很多。所以在我的心目中，"牙郎"简直是个英雄。

在柳市街上，也有不收钱的，那就是茶亭了。一般在夏天，茶亭里供应着长茶，茶缸很大，边上放一个竹筒，长长的杠子，毛竹做的，用来打茶喝。说是茶，实际上大都是荷花叶。到茶亭喝茶的一般是从较远地方来的人，特别是担柴人。山里人由于收入低，所以，只能担柴人卖掉柴以后，就吃一碗饭，然后带一些咸货，如咸鱼、海带之类，放在家里可以吃好长一段时间。

后街大桥　　　　　　　　孙平/摄

　　街可以玩，可以做生意，可以知风情，可以听美妙的声音。街常常是舞台，在它的中央不断有人演绎着不同的角色。街也像一盘胶卷，每天都放映着新的信息。大到国家大事，小到平民百姓琐事，都会在街上演绎着。

四

　　改革开放初期，有小青年提着录音机，刚从走私市场上买来的过去叫"唐80"，放着邓丽君的歌曲，从前街唱到后街，人们都被这个奇怪的东西惊呆了。

　　街上是手工艺品最多的场所：画像、圆木、方木、打铁、糖人、小五金……我姨丈是做米塑的，心灵手巧，远近闻名。在他的手中能做出各式各样的花鸟作品，而我所期待的，是姨丈完成工作后，能否剩下一些年糕，先用手压扁，然后在年糕上放一些糖，最后把糖夹在中间递给我，其中的味道自然无法表达。本地管它叫"桃糕奶"，直到今天许多朋友会经常回忆起它的味道来。在我姨丈对面的是他的侄儿林声荣，他是个书画家，毕业于中央美术学院，他在搞书画创作的同时，也喜欢搞些奇思妙想的东西。在夏日里，他用破纸箱做成大扇子，挂在房板柱上，然后用绳子拉着挂在滑轮上，用脚踩着踏板，就能发出巨大的风力。人们仿佛从中得到启发，原来扇子是可以夸大的，纳凉也有许多方式可选择。

街是大喜事必经的场所：游行、白喜事、正月划龙灯等。

但最早、最牛的一次活动是在1926年，柳市叶德昌商店与英商内卜门公司温州经销处订立为该公司代销肥田粉合同，并在柳市放映肥田粉及使用方法的电影广告片，是为乐清电影放映史上之最，其广告费自然不菲。

在解放前后一长段时间里，柳市的商人基本分三个层次，一是担贩，无固定经营场所，到处叫卖。经营者穷，缺资本，组织一般的日常生活必需品，到偏僻农村叫卖，有时以实物的形式进行交换，微利经营。二是行商，无固定经营场所，或是露天经营。三是根据本地生产、生活需求，经营者看准市场行情，到异地组织货源，进行买卖。这种层次由于受自然环境、气候变化、资金周转时间长、市场物价涨落的影响，盈亏不定，风险较大。人们对它的评语是"一朝发财财主"或"一时破落倒家私"。最高层次的是住商，分两种：第一种是有固定的经营场所，按现在的说法是有店面。一般有一定的资本，盈利稳定，过去叫作"吃不饱，饿不死的经营者"。第二种是有足够的资本，能以资本营运获取高额利润，称巨商。凡在柳市街的经营者，自然是最高层。

五

在过去，柳市街就是柳市地区主要的商业街，柳市人称上街就是去柳市街，久而久之，柳市街亦成了柳市的代称。柳市街是柳市人的品牌，是柳市街人就会受到别人的尊重。住在街上的人，他在思想上有优越感，甚至街附近的人都会说自己是柳市街人。上海人常常自豪地称自己"阿拉是上海人"。住在温州市区的人，我们把他们叫作"城底人"，而他们却通常会把各县里的人通通叫作"乡下人"。同样，柳市街上的人会把各乡镇的人叫作"下垟人""山头人""洋涂底人"等，这也许就是中国社会阶层的一种最普通的分法。

由于长期遭受风雨侵蚀和打磨，街道上的一粒粒砖块，又像一个个被剥离了的不完整的古老的文字，记载了柳市街的沧桑。

从历史上看，商品交换无疑老早就在柳市街上占到最重要的位置。柳市的名字是伴随着商业的发展而产生、发展的。明隆庆六年（1572）《乐清县志》记载了柳市得名的传说：西乡有柳市，据传其独龙冈（今龙岗山）古时风光旖旎、山水秀美。龙首桥（今虎啸桥）畔有一棵大柳树，浓荫如盖，乡人多聚集在柳树下交易，以自家之有余易自家之不足，久而久之，得名。可见，柳市的"市"应当先是在河边，后来建了街。"市"为商店的意思。并说，西乡有柳市，旧传按日列市。民国期间，柳市镇已有商会组织。当时这里的水产市场十分活跃，其次是棉布、南北货、药店等。各业商店每天照例只能在上午做点买卖，下午基本没有生意，因为当时有个惯例，来自附近各村的顾客，都是早上赶市购物，上午10点过后，即星散一空，人们戏称柳市是"半日市"。

柳市张永吉绸布庄是最有名的店铺之一。当时老师两人，相帮一

民国时期的老房子　　　孙平/摄

人。当时店员的工资每月一块银圆，账房先生工资每月二块银圆。张永吉绸布庄经营的是从上海进货的英丹士林蓝，从温州五马街进来的黑色四君子。都是当时最好的产品，是有钱人穿的衣料。张永吉绸布庄特点就是信用好：产品是名牌；不扣尺，不短尺少寸；价格公道，童叟无欺。同时生意做得也很灵活，对"大户人家"即地主、资本家所购的货，可以年度一次性结账。这说明柳市人有年终决算的历史，现在的柳市结账一般也以年终为限，年终"取账"理所当然。当时没有银行，各行业所需的临时资金调剂，只有王恒山中药店乐清商业银号柳市分号，它是由店东王仲明与亲朋合股创办的；另一个是叶德昌南北货商店店东叶熹寿开设的汇昌钱庄。

然而，街的发展并不一帆风顺。1944年9月，日本侵略军侵陷柳市，并在西头桥抛下一枚炸弹。商店纷纷关闭，市民四处逃亡。抗战胜利后，国民党政府苛捐杂税，加上通货膨胀，物价飞涨，柳市商业一蹶不振。其中以作为交换的货币为例，抗战时期和第三次国内革命战争时期，有时以货币、有时以粮食进行商品交换；日本人侵华期间，以日币交换，大多数经营者不喜欢使用，改以粮食作为商品交换；日军撤退后用国币，但国币由面额1元、2元、3元、5元、10元，印发到面值5000元、10000元、20000元、30000元、50000元、1000000元，纸币的面额像写诗一样夸张。解放战争期间，1947年至解放前，国民党先后采用"关金""钞票"，货币一再贬值，纸币信任缺失，经营者仍以粮食为主交换。

六

还有人为的影响，其中影响最大的是火灾。因街狭巷窄，给救火工作造成很大困难，据历史记载：自1938年到1984年，柳市街先后经历4次巨大的火灾，其中损失最大的是1938年，因小孩玩火引起火灾，大火燃烧整整一昼夜，北至后街"三官堂"，南至垟头胡同文昌屋一条街，烧毁民房大屋14座，沿街店面50间，使柳市街上所有的店铺和民房，全部化为灰烬，损失银币达5万元以上。许多人一生积累的财富，就在顷刻之间化为乌有。

由此，柳市街与柳市商业在国家政策的经常变换中徘徊，商品市场时而开放时而紧缩，一般做生意的人被当成投机倒把分子。比如鸡只准许你卖两只，商人们经常被抓进"打办"（即打击投机倒把犯罪分子办公室）进行教育，重的还要被判刑。粮票都是居民户口的，家里省吃俭用，积下一些拿到后街桥头上卖。我也卖过，母亲想为我买一条毛线裤子，就把粮票卖掉，东张西望。妇女们个个是贼眉鼠眼的，神志紧张。

私人贩子，大多是家庭妇女，她们都长着一双警惕的职业的眼睛，发现有工商人员来，就会跑。

街是演绎自己人生的舞台。街就像一只龙舟，不知多少柳市人为它划过了自己的人生。街是商人展示自己才能的地方，是培养商人的摇篮，也是使商人们走向更大天地的平台。但无论如何，如果你想学经济，那么，你就到街上去吧。街体现着经济实力，没有经济实力的人，在街上是无法立身的。有钱没有脑子的人，要想在街上永久地待下去也是不可能的。店铺的大小表示店主的实力与野心。今天的大店铺，来源于昨天的小店铺；今天的大店铺，明天说不定又会变成小店铺；昨天是你的店铺，明天说不定又会成为别人的店铺；今天是补鞋匠，明天也许会变成企业家。

当年南存辉家里穷，父亲受了伤在家养病，家里没了收入，南存辉是长子，13岁就不得不辍学继承父业，挑着鞋担在柳市大街小巷摆摊补鞋，以此来维持一家人的生计。其实从六七岁开始，南存辉就挑着米糠、提着鸡蛋上街卖。他每天挑工具箱早出晚归，他比别人勤劳，修补的质量更好，赚的钱都比同行多，三年里，为自己积累了一小桶金。

开在存辉家隔壁的是成中的衣裳店，他一家都从事做衣裳，带学徒可以收学徒费三年，但男弟子将来成为竞争对手，而女弟子往往成为儿媳妇。存辉与成中，一个补鞋，一个做衣裳。做鞋的，脚踏实地、一丝不苟，一步一个脚印向前走；做衣服的，如做一双翅膀，注定要飞翔。这就是街上人特殊的地方，这就是商人的本事。

七

1970年，柳市纸伞厂等4个厂各抽出人员，成立柳市机具厂。开设柳市历史上第一家低压电器门市部，它是整个柳市的转变。五金电器产品上街，是分水岭。一个时代结束了，预示着另一个新生事物的开始。电器产品柜台像一条长龙，整条街被摆得满满的。还是比较简陋，但毕竟这里是个小镇。此时，街上再不是传统意义上的以吃穿为主的食品衣装了。有开创性的或者说里程碑般的意义。按钮、开关、矿灯，许多农村妇女都会叫英文的产品名称，如CJ20、DZ20等，终于拉开了柳市电器产品的序幕。随着时间的推移，它在悄然地变化着，如果把时间拉开，你会发现它的巨大变化。柳市街经济年年壮大，培养了一批批商人。许多人都换掉自己的行头，搬进厂房，或走向四方。如果把时间缩短，今天的小商小贩就是明天的商人大贾。商业走向工业，商人转为资本家。后来，柳市的街面整齐有序地排列，颇为壮观。

柳市人不安于现状，敢为天下先。保守是最大的风险，这是柳市人得出的结论。

但我要说的是，原来南北朝向的街的概念被彻底打破了，河被填埋

破旧的店铺　　　　　　　　　　　　孙平/摄

了。后来，雨伞桥头下的河浃被填成了街道，人们将它取名为"新市街"，这个听起来既像新市又像街的奇形产物诞生了。在乐清，许多的新路都是过去的河流。而更多的河流正被垃圾填埋，如果把血管比喻成河流，那么，血管的堵塞，每时每刻都在威胁着我们的生命。如今街虽然多了，但仍然无法满足车辆与人口飞速增长的需要，车辆拥挤得像刚被推翻的散乱的麻将牌。尤其是春节期间，在外的乐清人开着车回家，人来人往，水泄不通，柳市街道堵塞严重。于是灵秀的东西被掩埋了，取而代之的是金钱的撞击声。

建了新路，老路变窄了，窄得连一辆汽车都无法开进去。新街大了，老街就变小了。

然而，在我的记忆里，街面的纹路又像微波细浪，一波推向一浪。后浪推着前浪，前浪影响着后浪。大部分人都换了角色，走进了富翁的殿堂，住进了北京、上海。但也有坚持的，打金的、做"素面"的、做"寿桃"的，但古老的手工艺已所剩无几了。"八大王"之一的刘大元还在卖他的螺丝，所不同的是，在开店时，他经常要接受来自全国各地新闻记者的采访。阿巧已剃了三十多年的头了，他最擅长的手艺就是剃平头，在镇上出了名。他把别人的头发都剃白了，自己的头发也白了。

我的朋友沈戒集是个老柳市街人，他在这里度过了自己难以忘却的童年。当我提起要写柳市街时，他就异常激动，好想发表已累积在心中的多年计划。他说：柳市街应当恢复原貌，地上应当重新铺上砖块。如三座屋、文昌屋、三官堂、礼拜堂等不少古建筑造型美观，具有艺术特色。要将柳市街变成民俗街，恢复传统小吃、传统手工艺。要把柳市街变成"南京路""五马街"，变成"周庄"似的街，让人们休闲、旅游、观光，他的看法与我不谋而合。

站在高楼上，望着古老的柳市街，你会觉得它像当年的地道一样，仿佛已深深地埋在历史的深渊中。然而在我的心目中，街是外婆纺织的彩带，古老而又美丽，那悠长悠长的挂念将永远无法抹去。如今我一有空就会到老街上看一看，顺便带一块松糕，带一些童年的记忆。

如果说河是城市的眼睛，那么街就是城市的中枢神经，永远牵动着每个人的心。

2012年

柳市大会堂旧事

　　每次到柳市，我都会想起柳市大会堂，顺便时我会去看看，拿出相机拍上几张，拍下那难以忘怀的童年记忆。小年时，柳市后街西面的向阳路，是最热闹的一条巷道了，白天这里是街的中心，最重要的是晚上还可以看戏、看电影。那时看电影机会少，村里一般一年只有一次，除非国家有什么活动，能增加一些。说来有趣，那时看电影，好多机会竟来自一些处罚，如破坏山林（在山路最显眼的位置立一个牌，上面写着：破坏山林，罚放电影一部），人们认为，罚放电影能起到宣传教育的效果；还有私人之间解决问题的办法，谁对不住谁了，性质比较严重的，比如谁打了谁，就用罚放电影的办法来解决，但这类情况不多，所以你还得去影院里看电影。

　　从前柳市没有电影院，就只有这么一个大会堂。大会堂大门口贴着影讯，预告影片名字，还有票价，电影票的价格基本是：有打仗的：大人四分或六分，儿童二分或三分；没有打仗的：大人三分或二分，儿童二分或一分。得到这些信息后，你要决定是否买票。凡老片一般不排队，没人看。有一次，一场电影只卖出三张票。新片有打仗的要排队，当然新片大都是时间长了重新再看的意思，此时一票难求。就在大会堂右边有一个小窗，墙不厚，却总给你一种神秘感，仿佛进入迷宫似的。排了大半天的队，当里面出现亮光时，终于看见卖票人了。要排队本来是没有问题的，问题是在许多时候，当你排到窗口时，里面的售票员没对你说什么，就把小窗门关了，然后把铁插栓一闩，你的一切希望都让他闩没了。办法是开后门，开后门就是不要站在前门排队，但你在社会上多少得混出点名堂，这样也使电影售票员很吃开。里面的名堂多着呢！不管看戏还是电影，座位当然有好歹，都有正厅与边厅之分；看戏前几排要好一些，看电影中间几排要好一些，第一排与第三十排、第一号与第三十号好歹差之甚远。

进场都没有排队，秩序混乱，大家手里举着票，像买紧俏商品似的。好的电影一来，门口就会拥挤，有些个子小一点的会被挤到别人的肩上去，叫"人挤抬起"。人多时挤，人少也挤就不正常了。拥挤首先是为了逃票，也有耍流氓的。一些不三不四的人，经常会在人挤的时候，乘机用自己的肩胛往女人身上乱碰乱擦，叫"擦胛佬"。为了便于管理，门口设了个长长的木架子通道，人都得从通道进去，两边站着收票人员。这些管理人员都是附近的村民，他们都是些表情凶悍的家伙，每次收票时，脸红脖子粗的，空气中弥漫着浓烈的乙烧白酒味，看了让人害怕。但他们如果不凶，就无法维持秩序。没有票时，我会站在门口看，看人都进去后，只好闷闷不乐地回家了。没有票或少票时，也有智取高手。俗话说朋友多了路好走，票不够时，比我大一些的朋友自有妙招。他叫我们先进去，等到收票的问起时，就说票在后面，那朋友会立即将几张票高高扬起示意，等轮到他检票时，由于人挤，收票的早已忘记了刚才发生的事情，我们都顺利地通过了。我想无论如何，挤进去就是成功。

有时也卖站票，有票没有座位，还要站在后面，自觉低人一等，便会去找空位。也有人故意买站票，站票便宜一半。有些人买了票之后，可能家中有事了，就不来看。站票中也有聪明的，便会在那里观察，假如那个位置长时间空着，他就会在那里坐下来，但不管如何，心里还是

柳市大会堂旧址　　　　　　　孙平/摄

忐忑不安，老是在四周张望着。电影终于开场了，心想这下可放下心
了，庆幸自己捡了个大便宜。过了大约五分钟，刚刚将注意力投入，便
有灯光照射过来，管理人员拿着手电筒带一个人来了，心想这下完了。
"请问你是几号的？""我是站票的。""这个位置是我的。"无奈屁
股刚刚坐热，就得让位了。当然也有逃票的，有人硬挤、有人翻墙，他
还会与管理人员玩捉迷藏，这得要些本事。但所有这些其实都逃不过管
理人员的法眼，有些可能与管理人员熟悉，有些可能是"钉子户"，也
就只能睁只眼闭只眼，也有被硬拉出去的。

　　那时电影很少，大都是革命样板戏，京剧有《红灯记》《智取威虎
山》《沙家浜》《海港》《奇袭白虎团》《龙江颂》《杜鹃山》，芭蕾
舞剧有《红色娘子军》《白毛女》。电影有"三战一队"即《地道战》
《地雷战》《南征北战》和《平原游击队》，这几部电影都是战斗片，
比上几部看的人要多，有些人看上几十次，里面的许多台词都背得滚瓜

烂熟。看多了就会有坏感觉，千篇一律，好人没有一点是坏的，坏人没有一点是好的。便流行着一句话：演的人癫，看的人呆。但演戏的人同样在演，看戏的人照常在看。

放正式影片前，有时会先播放新闻纪录片，叫作加片。说是新闻，实际上已经过去好几个月甚至好几年了。都是些国内大事，其中播放最多的是毛主席。1970年九届二中全会结束不久，由于毛主席年事已高，身体总是不好，平时很少出现。虽然大家都说他红光满面、神采奕奕，但步伐已缓慢了许多。当毛主席一出来，所有人都激动了，全场起立，我们都跟着大家高呼："毛主席万岁！毛主席万岁！毛主席万岁！"

大会堂里可坐千来号人，开会时台上可以坐领导，演出或放电影时，可以摆道具、拉电影布。大会堂主要还是供柳市地区政府机关及各单位使用，有重大而严肃的会议和宣传活动都在这里举行。

说起陈志荣来，柳市方圆百里的群众便迅速传开消息，这还了得，相当于要见到大明星了，自然是一票难求。这次可是我亲戚请的，他与陈先生也是亲戚，我的票自然不成问题。我喜欢听词，主要是词里优美的旋律，词中内容的神秘感，还有演唱者的精彩表演。陈志荣1949年从师陈月波先生，18岁以演唱《秦香莲》成名，唱红了瓯江南北。据说《西游记》选段"三打白骨精"被其本人修改后，在温州城乡轮回演唱五百多场，观众人次超过一百多万。他的《抗日英雄传》在柳市大会堂唱了五六天，场场观众爆满。陈先生声音好，高亢清亮，节奏明快，字正腔圆，声情并茂。尤其是情节交代详细，人物个性、神态掌握准确，还能惟妙惟肖地塑造多种不同性格的人物，对各种声音模仿神似，加上风度翩翩，引来许多女同志观看。

1976年毛泽东去世，举国上下都沉浸在悲哀之中，柳市直属机关单位在大会堂举行隆重的悼念仪式，大会堂里挤满了人，我作为柳市布厂的员工，也参加了会议。会场内流泪的甚至失声痛哭的很多。可能由于空气与气氛的缘故，站了好长时间后，我觉得自己头晕，拼命走出跑到草场，边上的人都说我的脸色非常难看。不一会儿，我的身体就恢复了，又回到了原来的位置。自那时候起，我才知道什么叫万分悲痛。

1981年底我从部队退伍后，大会堂还在放电影，柳市依然只有一个小电影院。我喜欢文艺，当时还是柳市区团委委员，喜欢组织大家进行文艺活动，开始都在单位的会议室搞，有一次想到大会堂里搞。那时没有音响设备，有演员说自己唱歌没有钢琴伴奏就不唱，为了满足她的要求，我们费尽了脑筋。在当时的柳市，郑乐林出身音乐世家，只有他家里有台钢琴，而他正好与我们在一起搞演出。郑乐林的家在柳市西垟村，钢琴放在三楼，楼梯很窄，我们十来个人硬是把它抬下来。弄到台上以后，由于没有扩音设备，地方又那么大，其实也没有起到多大的作用。演出结束后，我们把这个"庞然大物"又弄回郑乐林家，虽然此时的钢琴已经是伤痕累累，但郑乐林那时年轻豪爽，也没说什么，令我心安了不少。我曾在大会堂上唱过歌，唱的是电影《戴手铐的旅客》里的插曲《驼铃》。伴奏是柳市联谊会的一伙人，开始也没有与他们排练过，我也不懂得音调，可能调定得太高了，唱到高音时，就唱不起来了。他们也不管我，只管吹奏起其他音乐，我胆子大，站在台上也不想下来，也没有任何紧张。我以为他们会重新降调让我继续唱，台下的人也不管我，过了一会儿，我仔细一听，音乐不对，就下台了。

国家实行改革开放后，再也不是专放革命题材的影片了，武打片、爱情片越来越多。电器的兴起，使柳市增加了新柳市人，看电影的人自然多了起来。那时电视尚未出现，电影吃香，晚上没事，就会去看电影，武打片《少林寺》许多人都看了五六次，以至会背出其中许多的台词。一个朋友从单位回家，看见母亲躺在背椅上休息，中午了还没有煮饭，立即背起了《少林寺》的一句台词，用手指比画着对母亲说："贪吃、贪睡、不干活，不可教也！"突然他母亲睁开眼睛，大骂儿子不敬不孝、大逆不道。而领着女朋友看看电影、剥剥瓜子、说说情话，世界上最美好的事情不过如此。大会堂除了娱乐外，也是个谈恋爱的场所，要是能把女孩子领到电影院看电影，说明两个人的关系已经非同一般，恋爱的成功率已经达到百分之六七十了。当然也有胆大的，带着不是谈恋爱的女同志去看电影，不过这是非常少见的。老年人看不惯青年人，单位里也有谈恋爱的，被在场的老同志发现，老人嘴多，看见什么说什么，第二天他俩的事就成为新闻了。

社会越来越开放，电影镜头也就越大胆，但电影也不能太露骨。从前电影都是放到一块大白布上，布的四面用绳子拉直了的，把放影布拉在舞台的中央。有一个朋友看到镜头里的女子正在洗澡，出现上半身背面全裸，他忽然想到了什么，拼命跑到布的另一面。我们都非常惊讶，不知其中奥秘。只见他到后面看了一会儿，旋即回到了前面看，就这样反复地来回跑了好几次，直到洗澡的镜头没有了，才下台来。叹着气对我们说道，我到后面时，她又转身了，当我到前面时，她又转身了，好看的都让你们看了，老是捉弄我！

电视、录像机出现了，到大会堂看电影的人就越来越少了。新的电影院建好后，我也没看过几场电影，偶尔单位里有发宣传教育片的票，才去看一下。

很迟才知道柳市大会堂从前是耶稣堂。据记载，清光绪十六年（1890），一说是十二年（1886），英国"偕我会"传教士苏慧廉来温州乐清传道，出资300银圆购柳市"三一阁"和2.347亩土地，还有栈房、花园，建立教堂。1944年，驻柳市日本侵略军除建造防空壕，筑公路，强拉民夫外，还怂恿地方流氓地痞郑维等一伙在"三一阁"开设娱乐场，包括妓女馆与赌场，妓女专供日本侵略军玩乐；赌博有大花会小花会、牌九、麻将、押宝等不同形式，不少人倾家荡产。1958年，教堂活动停止，由政府接管。1959年，政府对教堂进行改建，成为大会堂。

1998年，经乐清市人民政府批准，将柳市大会堂又归还给基督教会。

如今柳市大会堂因年久失修，被房管部门鉴定为B级危房，道路又不足2米，只有五星与"1959年"的标志字样依然清晰可见。这里似乎成了让人遗忘的角落，过去的辉煌已经断裂、剥落，犹如独坐着的孤寡老人。而我却看见，他在阳光下，依然保持着庄严而又慈祥和蔼的笑容，像一个完成了历史使命的老者，对自己人生的付出流露出满足与自豪。

2017年8月25日

1976年，我在柳市布厂

最近，工友发微信说："今年是我们进厂40周年了。"

1976年4月，我有幸成为柳市布厂的一名工人。其实叫"柳市布厂"并不确切，应当叫"乐清县棉织厂"。但柳市布厂似乎更有历史、更有故事，它的前身是以民族资本家包福生为首的几家私营布厂合并成的，所以"布厂"两字，已深深地扎根在那个年代乐清人的心中。

与我同时进厂的这批工友中，有挡车工、保全工、调纱工；有晒纱

老柳市布厂，现在的乐清市棉织厂　　　　　　孙平/摄

的、染纱的、验布的，当然也有做行政的。我分配到的工种叫"打经条"，"打经条"是一种通俗叫法，术语叫"整经"。整经是将一定根数的经纱按规定的长度和宽度平行卷绕在经轴或织轴上的工艺过程。整经要求各根经纱张力相等，在经轴或织轴上分布均匀，色纱排列符合工艺规定。如果经纱张力不均匀，哪怕只有一根，就会像多米诺骨牌效应一样，越来越多的线纠结在一起，带来无法解脱的恶果。所以机器关停的早迟，决定着问题处理得好坏的程度。我刚上班时常常走神，不一会儿，三四百根经纱就纠结成清洁球一样乱的纱团，这时候你才知道什么是乱作一团。我想这下可完了，如果全部重新用手工一根线一根线地去接，那得要花多长时间。老师能解开这团乱线吗？我垂头丧气，觉得没有希望了。我的老师叫陈星象，瘦个子，性格温和，解放前就进包福生的布厂了，是打经条的高手。他过来后只说了一句："以后发现断线，要早点关机，越早越好。"我站在他身边，只见他用细长的手指，把杂乱无章的线抖几下，然后拉了几下，用手抚摸几下，不到一分钟，奇迹出现了，所有的线都拉直了，他只接了两根断线，再把整经机推了半圈的样子，几百根线又恢复原来均匀的张力，可以继续工作了。在我的眼里，老师有一双魔鬼般神奇的手，他简直是死结的克星，从此我对陈老师的技艺佩服得五体投地。我才知道，只有布厂工人明白什么叫纠结；只有布厂工人才能解开一团团乱麻。

合格的成品布诞生，要经过漂染、调纱、打经条、织布、修布、量布等环节。为保证以上工作顺利进行，还要辅之有发电工、修理工、保全工等工种。

在半机械的年代里，手上的技术就显得十分重要。接线俗称"打结"，这是个基本功，也是神奇的活儿。为了提高"打结"速度，平时一有空就要练习，外地工友坐船时，在船上也在学打结。将经条转到织布机上，是个非常重要的环节，线最多的是被单斜，要打4200个结，两

工友包建飞在引擎车间

人对坐着，要在两三个钟头内完成，厂里有这么多织布机，打结速度直接影响整个生产的进度。一个快的工人，一分钟能打45个结，一个优秀的接线人，会打得更快。工友刘爱芬一秒钟能打一个结，是厂里的先进分子。

一有空我会到各车间转转。在布厂最累、工艺最复杂的要算漂染车间了，漂染车间工序就有煮纱、洗纱、染纱、浆纱、晒纱（遇雨天还要焙纱）。最难的是染纱这一环节，在这里，烧火用的是煤或柴爿，燃烧着巨大的铁镬，把纺好的纱套在竹竿上，放在铁镬中，迎着滚烫的热气，要不断地将纱上下翻转着，时刻掌握棉纱上下、内外和火候的均匀性。因为颜色与温度、速度在操作上是矛盾的，同样的颜色由于温度、翻动的速度不同，会产生不同的颜色。一般来说越是鲜艳的颜色，就越难掌握。

走进布厂，你会发现，在速度中往往会悟出许多道理。常人走进织布车间，首先是隆隆的机器声，然后回到左右冲刺的梭子上，一种对时间消逝的惆怅感会油然而生，不禁会发出感叹：光阴似箭，日月如梭。而梭子在布厂工人眼里，却又是另一番道理。机器一转动，他们就会立即警惕起来，像战士站岗一样盯死目标不放。一个合格的挡车工，必须把自己的眼睛锻炼得像减速器一样，能把梭子的行程放慢到几百倍。梭子出现的各种问题：跳纱、跳花、星跳、卡梭、飞梭、回梭等，都会一览无余地展示在自己面前。假如有人请假，一个挡车工要看8台甚至更多的织布机。当时是一种叫1511型的织布机，比较先进，速度也快。几十年看下来，梭子在挡车工眼里，却如吐丝的蚕，慢慢地吐着丝线。哪里断线，就会迅速地被发现。在织布中，难度最大的是换纱，要求操作员必须有娴熟的技术。换纱在一两经之间进行，不能多，多了变成重叠；也不能少，少了会造成漏经，无论重叠还是漏经，都必须进行修布。同时，由于纱一直在自动地织着，梭子里面的纬线织光了，要靠肉眼发现，如不及时发现，就会造成空织。空织后就会造成次品，修整的办法，就是要将按空织的次数，又重新倒退，这样就会浪费时间。所以这就是难度，有难度才会出现高手，布厂出现好几个织布能手，工友李丹曾创下万米无次布的纪录。而线织成布的过程，是靠一根线一根线积累起来的，这正是对"慈母手中线，游子身上衣"的最好诠释。织布中的经纬也产生阴阳交合之理，孔颖达在解释礼的时候说："言礼之于天地，犹织之有经纬，得经纬相错乃成文，如天地得礼始成就。"

这年进厂的共有138人，是办厂以来最多的一年，因为老工人到了快退休的年龄，厂里的业务有了发展。我进布厂的理由是家属工，因为母亲是老职工，所以我比那些从社会上招过来的工友，似乎要更"硬马"一些。那时候也没有什么考试，有个初中文凭，再凭一些关系就搞定了，因此老工人

柳市布厂工友，1978年3月摄

们就认为他们是开后门进来的，认为他们是搞不正之风，刚踏进厂门时，就被老工人们拉出厂门，有些人甚至从厂里被拉了出去，不让他们进厂。前些年每想到这件事时，总觉得滑稽可笑，现在想来却有点不是滋味，为了一份工作，竟然把大家的关系搞成这样。但双方彼此都有道理：老工人们进布厂年纪都非常小，我母亲11岁，而胡成中的母亲才8岁，都是童工，他们认为布厂就是自己的，不能让别人抢了饭碗。而对那些新安排过来的工友来说，也是委屈的，要求工作没错吧；自己文化程度都比家属工要高些，能为厂里提高层次；再说在布厂工作也很累，一天三班倒，夜里十二点要去上班，工资才23元。

23元叫"青年工工资"，以后转正为正式工，工资是27元。"今天我第一次领到工钱，给妈妈买了一件新衬衫。收下吧妈妈，请您收下吧，这是我小小的心愿。"我唱着这首《小小心愿》，到刻字店里去取私章，拿到筷子那么大的章，就可以到财务科领工资了。虽然钱少，却非常高兴，自己能赚钱了，可以为家里减轻些负担。

这23元可不好赚，下班的叫交班，上班的叫交接班，一天三班倒，最难的是夜班，到十二点接班。年轻人喜欢睡觉，那叫辛苦哇！但大家心情却十分舒畅，最重要的是不管你的学历、资格、年纪，工资都是23元，即使辛苦一些的工种，工资差距也只有1元钱。所以大家相处得都比较好，这是"大锅饭"的最大优点。而且布厂是二轻大集体企业，不管怎样，能进这个厂，是件非常引以为荣的事，因此大家都非常开心。业余时间里，我们在一起游戏、喝酒、排演、智力测验等。那年，刚好打倒了"四人帮"，厂里要紧跟形势、适应形势，举行文艺演出，记忆最深的是唱《纺织工人学大庆》："大庆红旗高高飘扬，纺织机旁歌声响亮。纱锭日夜转哎，咱们革命豪情满胸膛。"我们还相互传看手抄本《恐怖的脚步声》《第二次握手》《一双绣花鞋》《少女之心》……

柳市布厂车间　　　　　　　　　孙平/摄

　　在布厂里，我觉得每个车间都是美的。每一个车间，都是一道亮丽的风景线：在晒纱场，一排排五颜六色的棉纱在阳光下，宛如一道道彩虹。在整经车间，上千根彩线向经穿过，犹如轮船拖出一片广大的涟漪。最有诗意的是调纱车间，调纱机上方，上百个纱在滚动，如交织的光环在闪耀；调纱机下面，上百个纬在转动，像在跳集体芭蕾舞……

　　那年我才16岁，对什么都还非常朦胧。厂里那么多的美女工友，让那些年纪稍大、懂事一些的工友占了先。我常看见，一个保全工手靠在织布机旁的一张小桌上，手臂上的油粘满了桌子，他与一个女工友说些什么，一看见我，就不说了，我只听见那女工友用娇滴滴的声音对那保全工说："你怎么这么油！"后来他们真的结婚了。

　　那时，柳市布厂生产的是帆布、被单斜、透凉罗、格子布等，棉布归商业部门计划包销。20世纪80年代初，国家取消棉布计划供应，化纤与腈纶布充斥市场，布厂的职工达到500多人，而年产值却只有40万元，使布厂像一艘深重船越拖越破，无法继续生存下去。1985年，柳市布厂又分成五个小厂，其中两个厂仍生产棉布。没过几年，由于体制等诸多原因，布厂全面停产，大部分工友另谋高就。

1976年12月，我就应征入伍了，我在柳市布厂待的时间只有8个月。如今偶尔碰见工友，还是那样亲切，总觉得有说不完的话，因为一见到工友们，就会把我带回那个青春激荡的岁月。

2016年

母校是不落的太阳

——为柳市第二小学九十年校庆而作

母校是知识的使者，母校是力量的化身，母校是人生的基石，可以筑成千姿百态优美的造型；母校是人生的摇篮，无数的精英在这里成长；母校是人生的起跑线，千万个优秀分子在这里产生。

这里有享誉全国的高考状元，这里也有远渡重洋的留学生，这里蕴藏着社会名流，这里走出了教坛精英：陈巽顾使我们和世界靠得更紧；刘伟国使我们保证了良好的精神；刘方林绿化了荒废多年的土地；高公博使沉睡的黄杨木动了感情……

我们因为有了母校，才有人生的通行证，无论是联合国大楼，还是罗马的古城；我们因为有了母校，才有伟大的理想。我们创造了中国电器之都，我们正在跨向世界大门。母校是纯朴的土地，有播种就会有收获；母校是喷薄欲出的朝霞，伴随我们走向光明。

现在的母校大楼气度非凡，巍然挺立的大楼、崭新的教学设施和现代化教育桴鼓相应。宽广的操场上，尽管已见不到那棕色的跑道，但我思绪翻腾，不禁热泪盈眶。因为这里有我敬爱的老师和亲爱的同学，因为这里还有我童年朦胧的爱情，那些无法抹去的记忆，如今想起来仍旧热血沸腾。

当年的母校更是一道亮丽的风景，古院、柳树、河水相互映衬，成群的鱼儿在寻觅着食物，水面上闪着垂柳的倒影，同学们在做着最新奇的游戏，一阵清脆的手摇铃声，把我们带进了喷香的课本。

老师要我上台听写"3"字，台下眨巴着挑战的眼睛。老师启发说，"3"像一把耙子，于是我就写了一个"M"，接下来就是一阵笑声。老师启发说，"3"像个秤钩，于是我就写了个"W"，接下来又是一阵嘲笑声。老师不但没有骂我、讽刺我，还说我富有想象力，非常聪明，这使我对明天充满了信心。

我最爱母校了。在梦中，曾多少回我又跨入了母校的大门，同学还是过去的同学，老师还是过去的老师，我得到了一个又一个高学历的文凭。我梦见那个心爱的同学，和我朝夕相处，天天谈心，班主任成了我们的媒人，校长为我主婚，同学们眼里虽然有点忌妒，但最后还是爆发出热烈的掌声，我成了世界上最幸福的人。

我最爱老师了。他们的一生，默默无闻，大公无私，辛勤耕耘，假如世界上没有老师，我们不知道会发生什么样的不幸。老师是航标，能发现并指引着我们的航程；老师像启明星，给我们带来辉煌的人生；但老师更像蜡烛，为了学生把自己燃烧干净。

朝阳沐浴着母校的时候，老师，您走上讲台，给我以温馨。而在黑板上，深沉的弧线，刻深了您额头的皱纹，粉笔染白了您的双鬓。不知有多少老师，用自己微薄的收入为学生交了学费、买上了学习用品；不知有多少老师，为了学生更快掌握知识，费尽心思，筋疲力尽；不知有多少老师，为了顽皮的学生而喊破了嗓子。

上课时老师总是富有精神，下课后常带着一身疲惫。学生的成就，换走的却是老师您的青春。夜幕拉上了，深夜的老师寝室里，常常亮着一盏孤灯，这是您在批改作业，为什么您总是那样的聚精会神，因为学生们都装进了您的心。

老师，您把爱无怨无悔地送给每位学生，红色的批语是您流淌的心血，无数的心血流进了学生的心灵，无数心血流尽了您的生命。这就是崇高的爱，爱到了极点，就成了母亲，因此，不知有多少同学，把自己的老师叫成"母亲"。林玲眉、高玉莲、陈小娥、王月兰、李爱花、陈珍妹，她们已不是普通的园丁，只要我们还活在人世，就不会忘记她们的姓名。

最让人无法忘记的是母校走过的九十年的路程，既有创业的艰辛，也有经历变幻的政治风云。两千年的封建故国，知识是少数富人炫耀的资本。遥想当年母校创办的岁月，像盘古开天辟地气冲霄汉，高性朴、包敬之、方博臣，学识、金钱、田地，三君子三位一体，为了中国教育的事业留下了千古美名，母校的学子永远不会忘记他们。母校，您也是宣传抗战的主力军，您走向街头、走向农村，您扮演了《松花江上》《党的女儿》，您高唱着"冒着敌人的炮火前进"。

"文革"结束后，黑夜里我用这盏灯寻求光明，尽管我做了最大的努力，但浅薄的知识，使自己痛失了一次又一次美好的前程。当我们在碰撞中觉醒，才发现自己已是半头白发的中年人。漫长的三十年，竟像风吹过山一样，吹走了我梦幻般的人生，只有见到母校才会焕发青春。

但是，我最爱的依然是老师。在我迷茫的时候，老师，您给我以力量和信心，在我快乐顺利的时候，我始终保持谦虚保持冷静，您对事业的品格与忠诚，必将是我人生路上的指路明灯。

我没读几年书就当上了工人，我卖过蔬菜也干过农活，做过职员也当过兵，每一段经历都有同学的相伴，老师的教导常常影响我的最终决定。正是因为有您的坦荡和宽容，我才慢慢明白如何让自己做好一个诗人，无论我的人生道路发生怎样的变化，我永远会歌唱人民。我歌唱过我的第一任老师，我认为她是世界上最可爱的人，我也歌唱过柳市的早晨，我也歌唱过柳市的父老乡亲，要获得源源不断的创作灵感，就必须牢记人民。无论是工作、生活，还是婚姻、家庭、爱情，我都会把它当作一份重大的责任，要认认真真做事，清清白白做人，这是您传给我的座右铭。

有人说，母校是一首歌，是师生之情的绝唱；有人说，母校是一只船，把我们送到人生的下一站。不，这还远远不够，如果说母校是一只渡船，您给了我们无私的奉献、无穷的力量，把我们渡到幸福的彼岸。

母校，您是我心中不落的太阳，这不是一句空洞的比喻，这不是一句无端的联想，这是九十年里所有学子心灵的凝聚，这是来自所有师生含泪的呼唤。因为在九十年中，所有的老师，始终为您燃烧着，都献出了自己最美好年华；因为在九十年中，您培育了千千万万颗星星，一直为您闪耀着无限光芒。

母校，您是太阳，具有无穷无尽的光芒，您是我们取之不尽、用之不竭的资源，您给了我们坚定的信仰、丰富的想象，您指引着我们前进的方向！

今天，母校里，群贤毕至，群星灿烂。校园里没有黑暗，老师和同学们相互拥抱、相互祝福，一起歌唱，歌唱明天的希望，共同祝愿，祝愿母校，祝愿母校的明天更加灿烂辉煌！

母校，您是我心中不落的太阳！

2002年11月10日于柳市

"德力西"，一个金色的童话

我喜欢童话，那是因为她纯真烂漫；我喜欢童话，那是因为她富于想象；我喜欢童话，那是因为她使我对前途充满无限的希望。我喜欢读童话，《山海经》的、安徒生的、中国的、外国的——

但我更喜欢读的是"德力西"，这是因为在我的心目中，"德力西"是一个金色的童话。

因为在柳市，在浙江，在中国的大地上，"德力西"的名字，像金子一样，在阳光照耀下，闪闪发光。

"德力西"的童话，首先是由姓胡的三兄弟成就的——胡成中、胡成国、胡成虎。

他们曾经都是裁缝师傅，整天为人们裁一身合身的衣服，裁一团美丽的彩霞。他们都是美的使者，但无论如何也只是为人们缝纫最简单的期望：女人穿上后，就可以好嫁人，可以做一个美丽公主的梦；男人穿上后，就可以好讨老婆，可以做一个白马王子的梦。

人们总以为，胡氏兄弟只是穿上"皇帝的新衣"，永远剪着无法实现的梦想……

然而，"德力西"是一个金色的童话。金色的十月给柳市带来金色的希望，柳市人依靠自己的勤劳与勇敢，走在中国民营企业的前列；"德力西人"凭借自己的追求与智慧，成为中国人的脊梁。

于是"德力西"成了一个金色的童话，因为这里可以与童话王国里的安徒生相媲美。巍然屹立的摩天大楼，现代化的生产流水线、高科技管理人才——每当我走进这花园式的工厂，我就仿佛进了童话般的世界。从现代化的生产流水线流出一件件电器产品，仿佛是一只只鸟儿，一个个会飞的金色的童话，远远望去，又宛如一只只船帆，千帆竞渡，百舸争流。

于是，"德力西"成了一个金色的童话。胡成中这位农民的儿子，用他朴实而勤劳的双手，这只曾经握过剪刀与尺子的手，却同共和国书记的大手紧紧地握在一起。

于是，"德力西"成了一个金色的童话。在新疆，"德力西"的童话，结成一串串甜蜜的葡萄；在中国的南方，有三颗莫大的"珍珠"，只要你把它连起来，就是一个闪闪发光的金三角，这就是长江三角洲，江水翻腾，阳光普照，如一枚枚翻滚的金锭，"德力西人"又在这里编织金色的童话。

于是，"德力西"成了一个金色的童话。"德力西"的产品像展翅的鸟儿，与神州火箭一起，飞上蓝天，与嫦娥、与七仙女、与玉皇大帝对话。

这真是一个金色的童话，想不到一架普普通通的缝纫机，竟然会缝成一个雄伟壮丽的"德力西"；想不到一把小小的剪刀，竟会剪出一枚"中国驰名商标"；想不到一把平常的尺子，竟会丈量着这么美好的前景。

"德力西"是一个金色的童话。"德力西"的名字也是所有的"德力西人"铸成的，来自祖国四面八方的能人，五湖四海的精英，他们在奉献自己的青春与力量的时候，也成了童话里的角色。多少人都为自己能成为"德力西"的一员而自豪，多少人为能成为"德力西人"的朋友而骄傲。因为"德力西"就像一个哈密瓜，可以做枕头，在这里可以做一个金色的梦。

　　现在，"德力西"又成了新的金色的童话。德报人类，力创未来，赶超西方，这不是豪言壮语，这是天大的事实。为了企业成为世界的"德力西"，面对世界电器巨头，他们制定出了三条底线：一是不能让对方控股；二是品牌使用"德力西"品牌；三是制造基地设在温州。

　　"德力西"，一个金色的童话，您必将永远闪闪发光。

　　"德力西"，您是一个金色的童话！

2004年

长江，为了您响亮的名字

多少回，我想唱一首长江之歌，我怕自己的喉咙太低、太哑，损坏了完美的形象；多少回，我想写一首长江之歌，在你的浩瀚里，我总怕自己心中的笔墨太少、太淡——

长江（中国长江电气集团的简称），我之所以爱您，是因为您拥有一个响亮的名字。我们依恋长江，我们赞美长江。长江后浪推前浪，一代风流出长江——

遥望碧天云雾下的高楼大厦，犹如一艘巨轮，穿梭于惊涛骇浪，稳健地驶向无际的碧空。每当我走进这花园式的工厂，一种自豪与兴奋在心中油然升起。现代化的生产流水线是长江奔腾的潮流，一件件电器产品，仿佛是一艘艘正在航行的船，远远望去，千帆竞渡，百舸争流。制造车间里，机声隆隆，在金属与金属的撞击声里，我听见长江的浪涛涌起千层波澜，汹涌澎湃。一种种新的希望，从冲床强有力的冲击下脱颖而出。生命的活力与人类的创造，在这里淋漓尽致地得到凸显。

这就是长江，这就是我们梦寐以求的长江——

我爱长江，我爱长江的领航人，他是中国实实在在的美男子，他是东方地地道道的英雄。他本来可做一个诗人，可做屈原、李白，可做普希金，可做夸西莫多，可他却成了商人；他本来可做书法家，可做王羲之、柳公权，可做唐伯虎、沙孟海，而却当上了企业家；他本来可做孔子、孟子的继承人，然而他却变成了儒商。

他是儒商，所以他爱别人，爱那些爱他的人，也爱那些不爱他的人，无论天南地北，无论是什么人，只要和他在一起，就有了爱。

他是儒商，他爱长江，他更爱自己的母亲。"倚闾斜阳里，秋风白发长。归来底事晚，唯恐饭蔬凉。"他爱别人，别人更爱他。"孤帆远影碧空尽，唯见长江天际流。"他率领着长江人，走过了二十多个不平凡的航程。

我爱长江，从祖国的内地到边疆，从西部到东海之滨，从里木到青藏高原，我们向您走来，为了您响亮的名字，我们向您走来。

我爱长江，长江就是我的家，每一个长江人都是姐妹兄弟，长江是个大家庭。

长江没有倒流，长江不会倒流，长江具有无比的力量，长江会得到永生。无论如何长江都会奔腾不息，我们每天看到的都是一个崭新的长江。您看见了吗，纳米技术、高压电器、环保产业？

年轻的朋友们，决不能随波逐流，更不要做一块礁石。让我们都站在长江的浪尖，做一个弄潮儿——

坚信长江将会以新的姿态向我们走来，长江毕竟东流去，不尽长江滚滚来。长江之轮将宛若轻舟，轻舟已过万重山，千里江陵一日还。

长江，为了您响亮的名字！

2004年4月29日于柳市

我为祖国找铀矿

1976年底，我应征参军。入伍前几天，亲朋好友送来礼物，我带上了《毛泽东选集》和几本笔记簿就踏上参军的路程。出发前父亲对我说：你当的是基建工程兵，部队在福建浦城，离家很近的。

现在到浦城只用几个小时，当年要走上好几天。温州战友500多人，来自乐清、洞头、温州市区，其中乐清有300多人。1977年1月，我们到浦城后，连夜被拉到新兵连。没有椅子，大家都坐在车的底板上。山路崎岖，颠簸得厉害，整个人好像被掀倒似的，没办法，只能咬牙坚持。终于到达了目的地，我们一个排，30多人就睡在大仓库里。一整排的床板，包括稻草都已经铺好。每人领了一张席、一条棉被就睡着了。

第二天一起床，才知道这里是个山沟，温度在零下十来摄氏度，眼前都被大雪遮盖着。洗脸没有水，我就用雪洗了脸，然后用毛巾将雪水擦干。新兵连驻地为浦城县水北公社新桥村，因为这里是原始森林，曾是原福州军区"564"弹药库，据说"文革"期间被坏人泄密，就弃而不用，成了我们团教导队的培训基地，我们就在这里进行军事训练。

吃得非常苦，早上就几根萝卜条，中晚餐小半碗豆腐青菜，一个月只吃一次荤的。一天，班长叫我去帮厨，就是帮助厨房干活的意思。我被分配到杀鲢鱼的任务，一剖开鱼肚子，里面都是人的大便，原来大便到鱼肚子后，还来不及消化就被抓来了。我才想起，上厕所都到一个池

热烈欢送孙平同志光荣入伍留念
七七年元旦

作者（左二）与柳市布厂工友

塘里去，一条小桥似的搭到池塘中央，中央有小亭，大家就蹲在那里拉撒，鲢鱼就在底下的池塘里找吃的。因为一个月都没有吃鱼了，哪还管脏不脏，我就闭着眼睛开吃了。离家时，早有好心人教导我：部队吃不饱，你第一碗要打少一点，第二碗要打多一些，不然会吃不饱的。到了部队才知道，这个办法也不管用。有时，第一次少打了，准备打第二次时，桶里已经没有饭了，还不如第一碗就打多一些。我干脆买个大碗，打一碗就够了。

训练无非是些队列、射击、甩手榴弹等，还搞了两次夜间紧急集合，弄得我们洋相百出，有些战友来不及打背包，竟然抱着被子跑，我也摔倒过好几次，棉裤都摔破了一个洞。到了实弹阶段时，就出现问题了，大家都没有打过真枪，一进入实弹射击就会想起犯人被枪毙的情形。年纪轻、胆又小，此刻很少有人不紧张的。有个乐清战友在打靶时，心里不知在想什么，竟然将装有子弹的枪口朝向站在身后的我们，吓得我们撒腿就跑。有个战友在甩手榴弹时，平时都甩得很远，到真弹练习时，竟将手榴弹甩得非常高，甩得高就会落得近，手榴弹在离我们只有五六米的地方爆炸了。指挥官大喊一声："卧倒！"并迅速把我们压倒在地，加上前面有掩护墙，才避免了生命危险。

那时战友们文化水平都很低，大都在初中以下，普通话说得都非常差，如将"班长"叫成"巴扎"。批判"四人帮"时，由于出现名字频率太高，往往会以姓代名。有战友将原本的"王、张、江、姚"，在大会上读成"王、将、干、桃"，把"姚"读成"桃"，是因为"姚"字不认识。

两个多月的新兵连集训就要结束了，战友们都被分配到全省各地。要到一个陌生的地方了，刚刚建立起来的友谊总是特别真挚，现在马上要分别了，大家都难舍难分，我不禁流下了眼泪。由于我年龄、个子都小，就被分配到团部后勤的机修连。到连队不久，我们并没有参加训练，而是先去建两个月的房子。浦城的土都是黄的，乐清人管它叫"黄金"。没有砖、石头和混凝土，墙都是靠我们将黄土肩扛手提堆积成的。挑土、打夯、爬墙等都是吃力活，有战友因此得了急性黄疸肝炎。

开始我总以为这是打仗的部队，教官经常说，夜里会有敌人，要时刻保持警惕。一天夜里临到我站岗，听见骑自行车的声音，我就拼命端着枪，追着并大喊："站住！站住！"这是我平生第一次用普通话叫"站住"，那人真的站住了，却突然对着我破口大骂："你这个新兵蛋子，老子是上士，去买菜你都不知道，真是新兵蛋子！"

我被分配到第一班，实际上是个钳工班，主要工作是修理钻机，还有一些机器零配件修理。每天早上五点半起床后，就去跑步、做一些队列训练，白天都在上班。一问才知道，我们的部队是找铀矿的，铀是造核武器用的。我所在的609团，是一个独立团，1971年组建，归二机部和福建省军区共管。二机部是我国为指导核工业发展，参照苏联原子能事业部设置的组织。国家领导人考虑到直接用"原子能事业部"太显眼，就起名为"第三机械工业部"，后来又改成了"第二机械工业部"，简称"二机部"，一切与原子能相关的单位都归二机部管。我们的部队所组成的人员很混杂，活像一支"杂牌军"。就在机修连里，一些是带兵打仗的；一些是从地质工作进入部队编制的；一些则是大学里招过来的技术员；而我们则是什么都不懂的小兵。但无论来自何方，大家都心往一处想，劲往一处使，目标只有一个，就是为国家找铀矿。

开始我所干的是将一块小金钢石嵌入一个如笔筒似的钢管周围，这个周围布满一个个均匀的齿眼，像古代的城墙一样。嵌入是靠錾子錾钢管，才将金刚石挤稳，然后用铜焊使其固定，目的是用来打矿取样。由于我初学握锤与錾子，两者配合不熟练，锤子经常打到大拇指上，鲜血直流，疼痛不已，使我常常表现出低落的情绪。此时老同志告诫说：这点痛算什么，你还不知道山上的同志有多苦。山上高，海拔上千米，又没有公路，很多地方都要自己开山路、架桥梁。比如毛洋头（属浦城县），道路差，遇上阴雨天气，运输车都开不到半山腰，战士们只能像蚂蚁搬家一样，把生产、生活物资一点点地搬运上去。像钻机、发电机、变压器等设备，重达几百公斤甚至几吨，需要几十人甚至上百人一起搬运，难度超乎想象。战士们用肩扛，用身推，很多人的肩膀、胳膊被磨得血肉模糊。抬钻机最难、最危险的时候是上坡，因为机器会发生歪斜，这个时候往往力量就会压到几个人身上，但你不能松手，松了就可能造成严重的事故，所以就得咬着牙死扛住。但没有一个人因此而退缩，因为我们是在为祖国找铀矿。

部队生活非常艰苦，津贴头三年是以六、七、八元递增，全年累计津贴费还不到100元钱。平时主要开支就是购买牙膏牙刷、信封信纸。冬天零下十来摄氏度，没有大衣穿，只有一条4斤重的棉被。穿不暖盖不暖，有些战友冻得不行，便用皮带将被子捆住脚，以便保暖。我们的伙食在部队来说还算好，听战友们说，野战部队一天才四毛多钱，而我们一天是七毛多钱，还有养猪、种菜等副业收入。面粉与大米质量虽然都很差，但一般能吃饱，就是菜少了一些。部队非常珍惜粮食，领导会为丢弃半个馒头而开现场会。几年都吃不到鱼，一个月吃一次肉，吃肉的时候，大家喜出

作者（右一）与战友在一起

望外，战友彼此相遇时，就会直呼"红烧肉"三个字来打招呼。睡的是格子床，上下铺，一个房间睡一个排30多人，夜里少不了说梦话的、磨牙的、放屁的，还有可怕的是梦游，夜里会抱着被子跳舞，吓得我用被子蒙住了头。

头两年，我几乎没有到县城去，后来大约两三个月去一趟，主要是借书、买书、买一些生活必需品。我所在的连队离县城浦城有七里路，叫"七里头"，每次都是步行，来回要一天时间，偶尔才搭一下部队的

车,算是幸运的了。文化娱乐主要是看电影,一年能看上两三次,对我们来说好像是做喜事一样,因为老远乡村里的老百姓都会来看电影。从前骂我"新兵蛋子"的那个上士,一次骑着自行车,由于注意力不集中,竟然把老百姓的母鸡给轧死了。因为是母鸡,鸡能生蛋,蛋再孵鸡,鸡再生蛋……所以老百姓提出要赔50元,真是天价呀!他自己没有钱,就蹲在地上大哭起来,结果连队为他赔了25元钱,买菜的行当也就没有让他继续干了,为此我暗地里高兴了好一阵子。

温州这么多战友,都分布在福建各地,从事着方方面面的工作。星期天,偶尔有战友来玩,向我讲述他们连队发生的新鲜事。

我们的部队主要是从事铀矿的勘查任务,说白了就是找铀矿。铀矿勘查是一项野外工作:踏勘、野外测量、硐探、钻探等,到采样分析测试,都属于矿山勘查的主要手段。在野外获取了大量的实际资料后,需要进行室内综合研究,以查清工作区域的控矿因素和地质成矿规律,然后为国家提供铀矿资源依据。在机械化程度不高的年代,铀矿勘查工作需要战友们具有"一不怕苦,二不怕死"的精神。勘查工作要在山上到处走,没有固定的居所,晚上老乡家的柴房、灶间就成了他们的休憩之处。把防雨布铺在地上,盖上被子就直接睡觉。冬天地面如冰,寒风刺骨。战友们走了一整天路,早已经疲惫不堪,躺下就呼呼大睡了。毛洋头及周围的山上,有五步蛇、竹叶青及山蚂蝗等众多剧毒动物,战友们即使随身携带有蛇药等,都始终不能放松警惕。还有熊、野猪等大型动物经常出没,非常危险,有几个战友就被野猪咬伤过。

硐探施工也叫"打坑道",是地质工作中必不可少又十分艰苦的工作。由于交通不便、技术落后等诸多原因,从前硐探施工都是用大锤打炮眼,战友们的胳膊、手掌都被磨得红肿,皮肉破裂,累得筋疲力尽,但工作进度非常慢。后来进步到用内燃机打炮眼,但内燃机烧的是柴油,工作时会排出大量浓烟,加上一开始硐内没有通风设备,由于缺氧，一天中每个战士几乎都晕倒过。为了尽快完成任务，战友们经常在晚上继续加班加点，没有夜宵吃，就到老百姓那里买来了红薯等杂粮充饥，没有开水喝就喝山泉水。山高夜寒，大家只能靠不停地干活来暖身。加上夜晚山上浓雾湿度大，气压也低，硐内的浓雾更难排出，缺氧情况比白天更严重，晕倒的战友就更多。还有许多人倒地时，被石尖划破了脸，留下了永久的伤疤。无论是勘查、搬东西、开钻机还是打坑道，都非常危险，一些战友为此献出了年轻的生命。如有战士用轨道车排碴时被压死的、有送木材时发生翻车事故伤亡的、有被山上的石头坠落砸死的、有在装填炸药时雷管爆炸致死的、有在搬运钻机塔脚时不慎跌下山崖摔死的……为此，领导只能说些安慰的话："同志们，你们是毛主席的好战士！你们是为了祖国找铀而献身的，我要向上级汇报你们的事迹……"但无论如何，战友们都毫无怨言，没有因此而停止手上的工作、足下的脚步，一心一意只想着能找到更大更多的铀矿，为国家和人民争光。

作者在部队军训中

机修连也不是安全之地，工伤事故时有发生。在我身上就有两次，其中一次在升钻机时，由于三脚架的其中一只脚顶在铁皮上，铁皮上有柴油，结果造成打滑，几吨重的钻机从两米多高的地方砸下来，还好我蹲在另一台钻机下，砸下来的钻机被这一台钻机挡住了，不然我会被砸扁的。

1979年，我们团查明：我团所找的全部矿体由12条矿脉组合而成，储量超过五百吨，并落实了勘探基地，到1980年提交了中性储量报告，这就是我们为祖国找铀矿的成绩。

我在部队当了五年兵，因为是技术兵种，工作非常繁忙，所以中途只有一次探亲，在部队里一直在为祖国铀矿事业默默地做贡献。铀矿是矿石家族的"玫瑰花"，色彩艳丽，缤纷夺目，但却具有放射性。那时我们虽然知道铀存在着放射性，对身体不好，但是谁也没想到会有这么严重，潜伏的时间会那么长。限于当时的科技知识与防范条件，一些战友受铀放射性影响，尤其是硐探的战友影响更大，至今疾病仍在发生，一些战友甚至过早地离开了人世……因此国家专门为"两弹一星"做贡献的军人进行抚恤。在部队期间，我曾作为技术人员到各前沿部队进行设备登记和检查，再加上在部队整整五年，或多或少受到铀放射的影响。然而我不会因为为此付出而后悔，因为我曾是光荣的军人，因为我为祖国找铀矿！

2017年8月

民族资本家包福生与柳市"九间"

　　解放以后，在好长的一段时间里，柳市并没有设立门牌，但"九间"这个地方谁都知道。人们一提起"九间"就自然会说起包福生，一说起包福生，就会说起"九间"。在乐清的历史上，"九间"的主人包福生曾创造过不可超越的辉煌。

一

　　九间位于东风村，紧靠原柳市镇政府的北首，从五楼俯瞰，有好几座瓦片做屋顶的老房子，乌黑的瓦片紧紧地依靠着，像穿山甲的鳞片，密密麻麻地掩盖着屋子里的神秘。九间的大门朝东，从育英中路往西走，经过一条约50米长、1米多宽的巷弄。门台虽然破旧，但上方"振久染织厂"五个大字依稀可辨。进去便是院子，院子不大，100平方米左右。正屋朝南，是最早建的五间两层楼，门台上方有三个大字"含万象"，用石灰砌成，"文化大革命"期间已被打掉，只留清晰的痕迹，据说是海宁周成德为东风村原国民党温州警备司令部副官处长包右武写的，这大概是仿制。大门口有对联，上联："柳色□□（青翠）细雨润"，下联："草堂□□（遥与）市桥通"（明代诗人章玄梅有"柳市西头访隐翁，草堂遥与市桥通"）。这五间两层楼是主楼，比起对面的

"九间"正门　　孙平/摄

九间来，砌得讲究，是典型的徽式建筑。

1897年，包福生出生于柳市东风村。父亲靠裁缝维持一家8口的生活，由于家境非常贫困，希望他长大后能给家庭带来幸福的生活，故取名"福生"。兄弟姐妹6人中他居长。俗话说：长者为父。包福生从小就承担起养家糊口的重任，上过4年私塾之后，就开始挑着担，往各村挨家挨户去叫卖。布匹、鸡卵、酱油、豆腐花等，什么能赚钱就卖什么。过去卖东西不是商品与金钱的直接交换，更多的是货与货的交换，如多少个鸡卵换多少斤大米，多少斤素面换多少匹布，转来转去，转到有钱人家，就有可能换到钱，因此，这就要求手脚要勤快，脑袋要机灵。包福生母亲心灵手巧，善于纺织，织成布匹由其父亲做成"金钱帽"。这是过去儿童流行戴的八角帽，包福生卖得最多的就是它了。

二

包福生虽然文化不高，但平时勤奋好学，经常读书看报，了解国家形势和商业信息。衣食住行，衣排在首位。包福生出身贫苦，他深懂这个道理，他最大的夙愿就是自己拥有一个纺织厂。1912年，包福生在乐清县贫民习艺所学了半年，懂得了纺织的一些基础知识和基本技能。

五四运动爆发，国人纷起抵制洋货，一批棉布界、金融界商人及能人志士，开始投资棉织工业。1925年，28岁的包福生与乐清城关一位朋友商议合股开办布厂，购置脚踏手拉木机两台，租用柳市西垟村吴氏祠堂，创建了私人作坊。因朋友怕作坊亏损、政府苛捐杂税等发生，不到一年，便退出股份。同时由于刚刚创办，不懂技术、缺乏经营管理，因此作坊也亏了本钱。但这并没有动摇包福生的信心，他吸取了以往的经验和失败教训，重整旗鼓，开始独资经营。1927年作坊迁移至称作"朝西屋"的民房内，还增添了两台木机，并起名为"乐清振丰染织厂"。

所有的工作都得由自己来做：进原材料、技术把关、推销产品、计算成本等。特别是染色，由于包福生经历过学艺的艰难，所以对染色这项技术是非常保密的，下属甚至家人都一概不传授，他把配好的染料化

包福生当选为政协乐清县第一届委员会代表

成水，然后端给工人生产。他都是每天早晨4点起床，晚上11点才睡觉。每一天工人所吃饭菜，都是自己亲自采购的，从不让夫人插手，其创业的艰辛程度可见一斑。

当时宁波的棉纱全国最好，包福生常常到那里去买棉纱。从柳市坐船出发到虹桥坝头上船，开始漫长的步行。他打着赤脚，走在泥泞的路上。从虹桥到宁波有300公里路，要5天才能到达，不到半路双脚就起了水泡。身边虽然带着草鞋，但总是舍不得穿，赤脚走到目的地才将草鞋穿上。后来虽然有钱了，身边带有布鞋，但一路上仍穿草鞋，到采购地才换上布鞋，这件事后来被人们传为美谈。

三

由于日本对我国进行经济侵略，激起了全国人民的义愤，并提出"国人要国货"的口号，包福生认为机会来了，就开始大量地生产棉布。1928年，柳市群众搬出各商店的日货，进行烧毁，这可给早有准备的包福生带来了财运。他所生产经营的"白洋布"和"清线呢"开始畅销于市场，继而出现了供不应求的局面。他的成功振奋了其他人士，于是相继仿效，振华、大华、阜丰、恒久、聚华、永华等厂竞相开业。当时乐清有棉织厂9家，棉纺机200台，其中柳市就占7家，棉纺织机170台。

1929年，乐清县虽然遭遇严重的灾情，晚稻颗粒无收，但那时包福生已拥有较多的资金。他增加了产品品种，进行跨业生产和经营，他考虑到草帽有生意可做，就购买了大批廉价草帽丝，发给邻村妇女制作。第二年运往宁波一带销售，获得厚利。到第二年下半年，广大农民度过灾荒以后，购买力已逐渐恢复，他再购置木机4台，扩大再生产。

抗战前夕，我国沿海城市大多为敌所占，沪、宁、苏、常一带棉纺

1952年的"振久棉织厂"厂牌　　　　孙平/摄

业陷于瘫痪，而温州由于时局稳定，没有受其影响，成为东南唯一的吐纳口岸。棉织业更加兴旺，温州棉布销路乘机扩展到湘、皖、赣、蜀等省，大多由沪、宁客商来往专做运销，形成战初畸形繁荣。包福生为适应企业发展的需要，改革了生产和分配制度，工人的劳动积极性得以充分发挥，生产蒸蒸日上，因而企业越办越兴旺。1935年，为了适应生产发展的需要，建了5间厂房。

经营思路的正确，市场销售的畅通，企业规模的扩大，使包福生事业的成功势不可当。1936年，一次性购进当时先进的铁轮机32台，木机则增至40余台，使卷筒干、作纬、并线、整经、染色等工序，形成一条龙配套生产，其规模为全县布厂之冠，并改名为"乐清振成布厂"，他生产的斜纹布成为当时的"名牌产品"。第二年又盖了一套七间二层楼的房子。

四

包福生投资也有失利的时候，这就是办孵坊。原来，包福生创办孵坊的目的，除以雏鸡、雏鸭供广大农户饲养外，主要是以鸡蛋、鸭蛋向市场调换棉纱，以解决布厂材料的短缺。原来振成布厂无停工待料的事件发生，是由于每趟孵化所剔除的大批元黄蛋，都运往上海，从那里换回大批棉纱。孵卵具有季节性，一般在3月至4月，包福生当时邀请了10多个师傅，叫作"新缸师傅"。孵坊的种子蛋卵到4至5天，由新缸师傅逐个加以鉴别，这种孵法叫"火种孵鸡"。孵鸡最难掌握的是温度，鸡卵放在缸里，缸的下面以木炭烘烤来获取温度（达到均匀的温度，孵化才能成功）。由于底部的温度总比顶部高，所以，卵总要经常地翻动。"新缸师傅"的工作就是不停地翻动缸里的卵，并掌握卵的平均温度，功夫全靠眼睛，把卵放在眼睛里一量，来估量温度。这种办法毕竟不科学，最后，孵坊还是以失败告终。

但乐清县的棉布销售基本掌握在包福生的手中，使他的资本积累不断增加。1937年至1938年初，又建了九间二层楼。主要用于摆放铁轮机。包福生当时建房买地并没有什么计划，房屋是断断续续建成的，没有总体规划，赚一点钱建设一点，如老五间的边上都建有附属用房。由于国内处于动乱时期，市场价格变动很大，一般来说12担谷可以购1亩地（价格变动在12至15担，即2000至3000市斤谷）。九间总面积约8亩地，需稻谷16000至24000市斤。而当时也不一定统一都是谷，也有棉纱、金银等，一般来说，1包棉纱等于200公斤谷（1担）；等于1钱金。如果按这样计算，仅仅在购土地上所支出的黄金为8至12市斤。其余支出不清楚了，但据包福生家人回忆，整个九间花在购树木上的银圆是100块，这里是包福生老人经常提起的事，因此比较可信。

包福生遗物　　　　　　　　　　孙平/摄

五

开始建五间与七间的时候，在本地竞争不十分激烈，其他企业可以说都是小弟弟，不足以形成竞争的格局。建九间后，其他企业都快要跟上了，如阜丰布厂、大华布厂、聚华布厂，特别是包福路的恒源布厂，已形成势均力敌的局面，也就是说这是发展与竞争的需要。但包福生已没有时间考虑这么多的问题，对他来讲，竞争才是最重要的，他一定要永远站在别人的前头。

据历史记载，1938年下半年日本人在柳市所抛的十几枚炸弹，其中2枚刚好落在包福生的振成布厂，1枚在前天井，另1枚抛在后天井，正门墙被炸，孵坊遭日机炸毁以外，同时被毁的还有两台铁轮机。尽管如此，厂仍在坚持生产。

但抗战爆发后，赋税比以前重，柳市各布厂原材料又极度缺乏。起先，他们将弹好的棉花发给农村妇女纺成纱，以解决材料的困难。但由于农村妇女所纺的纱都是用手工的，在技术上存在着很大的差异，所以在质量上一直不能过关。1939年，为企业求生存，同行者协议，以振成为主，联合恒久、阜丰等5个厂家，成立乐清振华染织厂（对内称振华棉织公司）进行生产自救，推包福生为公司董事长。这是柳市历史上规模最大、产品最集中、形式上较早的股份制企业。为便利管理，促使质量的提高，生产就集中在九间里。由于日本人入侵东南沿海，致使交通受阻，原材料运输困难，只维持1年多的时间，又分为4个厂各奔前程了。1943年4月，浙江省第八区召开全区工业会议，同时开办工业展览会，包福生作为乐清振华染织厂的代表也应邀参加。

到1944年，乐清沦陷，交通阻塞，物价飞涨，原料无处购买，产品无处销售，再加上国民党的苛捐杂税；同时企业之间开始进行激烈的竞争，争原材料、争技术、争市场，企业生存成为问题。那时包福生除几台手拉木机和脚踏铁轮机外，仅留下五尺青绒呢布，只能抵回一小包棉纱，处境十分困难，公司只好停办。但不能就这样结束自己苦心经营的企业，为了进一步打开市场，包福生又与恒源布厂的包福路合作，在温州大南门洞桥底合租一座五间屋为厂房，继续从事棉布生产。1945年抗日战争胜利，民族工业复苏，包福生将布厂迁回柳市，恢复了生产。又先后在温州设立发行所（批发店），与台湾基隆等地商行挂钩，从此，包福生又走上了兴旺发达之路。1946年，海运畅通，包福生的振成布厂所产的克司米、南通条、贡生呢、千秋呢等产品远销台湾，换回白糖等大批土特产。还在温州渔丰桥设立了发行所。当时工人已近400人，纺纱、漂染、晒纱、织布、销售等，已全部齐全。从1946年到1949年，振成布厂处于极盛时期。此时包福生原打算买三十亩地建厂房的计划也改变了，他预感到自己的厂将会归国家所有。

六

新中国成立后，鉴于振成厂长的知名度，包福生被选为乐清县第一届政协委员，是工商界五个委员之一。紧接着人民政府对私营工商业进行社会主义改造，柳市各布厂均先私立合营，然后是公私合营，接受社会主义改造。1952年，振成和恒久两厂实行合营，改称"振久棉织厂"。1955年作为温州地区重点公私合营企业"振久染织厂"宣告成立。由特派员任公方代表兼正厂长，包福生任私方第二副厂长，负责生产管理。按约定：国家投入资金，包福生以厂房和设备作为股金。起先包福生还分到股息，"文化大革命"后，就只有戴着"资本家"的帽子被批斗了，九间归国家所有，作为职工宿舍。"振久染织厂"后来更名为"地方国营乐清县棉纺织厂"，1962年6月15日，该厂宣告停办，包福生退休回家。同年9月，工厂恢复生产。1965年更名为"乐清县棉织厂"，包福生则以技术员的角色出现。当时国家采用计划经济，全厂最高年产值只有40万元左右，而要养活400多个工人。改革开放以后，由于市场的强烈冲击，企业已无法生存下去，1985年分成五个厂，进行独立生产经营。由于国家政策及国有集体机制问题，没过几年，五个厂全部停产。1979年这位饱经沧桑、为棉织事业奋斗了近半个世纪的老人与世长辞了，享年82岁。包福生一生艰苦朴素，为人敦厚，乐善好施，众口皆碑。有记载，如1937年柳市因缺乏消防设备，造成历史上罕见大火，一次烧毁店房200间左右，包福生慷慨捐款2万元，购买消防机动灭火机1台（故称水龙），成为当时乐清全县最早、最先进的消防设备，为乐清峡门乡兴建路廊（路亭），捐献良田3亩。村里人借钱借粮食，他都能慷慨解囊。

现在拔地而起的高楼大厦鳞次栉比，把九间淹没了；而大公司、大集团的不断涌现，人们渐渐淡忘了这里的主人。前些年还有学校的老师组织学生到九间参观，如今渐渐地成为鲜为人知的普通老建筑。我常常想：历史是不容忘记的。如果说包福生是乐清市民族工业的先行者，那么九间便是它的实物见证者。

就在九间南面隔壁的一座五层楼，是名气仅次于包福生的资本家包福路的恒源布厂，后来曾作为柳市区政府与柳市镇政府用房。前天去拍照时，没想到已被拆除，真是可惜。柳市其他工商业建筑所剩无几了，而九间是柳市目前规模最大、建筑保存最完整、纪念意义最大的古建筑物，我们强烈呼吁有关部门对它进行修缮，进行保护。

2013年7月31日

只留清气满乾坤

——记倪亚云先生

　　我老早就知道倪亚云先生的大名。二十几年前，单位里就有他的作品，那是乐清天力管件公司送给柳市农行的。4米多长、1米多高，内容是雁荡山水：只见青山叠翠，山花烂漫，流水潺潺，一片白云从山间飘过，画面顿生灵气，气魄非凡又宽博祥和。工作之余，我常会去欣赏一番，尽管我不太在行。后来办公场地装修，这幅画被搁在地下，我去看了好几次，想"便带"，将其占为己有，但考虑这是公家的东西，下不了狠心，就放弃了。等后来再去看的时候，不知道被谁拿走了，成了我心中一个不小的遗憾。从此以后在各种场合，我经常看倪先生作画，或在展览会中欣赏他的作品。倪先生喜欢梅花，画梅一生，以"梅痴"自勉，他自题《习画痴语》，道出了他的艺术追求与创作思想：

> 成竹在胸格调先，似同不似艺精研；
> 细粗曲直运行涩，枯湿淡浓清綮传；
> 取舍简繁须厚实，按提疏密自松坚；
> 纵横交错生机盛，味拙意深势若颠。

　　我真正认识倪亚云先生是通过赵乐强兄。赵乐强兄经常与倪先生合作创作，倪先生常请他题字。赵兄敬慕倪先生的画与人品，写有《寄倪亚云先生》诗三首，其中一首曰：

先生八十号梅痴，画得梅花无数枝。

一节清香应客问，此花贵在雪花时。

每次与倪先生见面，他总是同样的精神面貌，慈眉善目，略带着微笑，说起话来慢条斯理，陌生人一下子就感觉亲近了。在我家，倪亚云先生还有王思雨、周方德、倪塑野等先生一起，每人以自己的喜好，共同合作为我画了一张。倪先生画的是梅花，虽然只画有两枝梅花，却让人感到有千万树梅花在盛开，其他画家也各具特色，令我爱不释手，视若珍宝。

倪先生一生与书画为伴，他的画别具一格，自成面目，特别是他所画的梅花形象逼真，让人百看不厌。看他的梅花：苍劲古朴、笔墨老辣、沉着冷峻、内涵丰满，又不失天真烂漫、意气风发，给人一种自强

倪亚云先生在创作中　　　　　孙平/摄

从左到右依次为：施中旦、周明新、倪塑野、倪亚云、王思雨

不息、积极向上之感。偶尔与画画的朋友谈到画梅花，都对倪先生竖起了大拇指。在退休后几十年里，倪先生游历祖国名山大川，创作了大量国画作品。1988年参加浙江省美术家协会主办的第五届老画家国画作品展，还举办了个人《百梅画展》，许多作品被选入国家级美术作品选。1996年，他出版了《倪亚云画集》，书画名家谢公稚柳、林曦明分别题签、撰序，该画册出版后得到诸专家的好评。倪先生此作品还荣获温州市"五个一"工程奖。著名画家林曦明先生在给《倪亚云画集》作序时说："以清奇落拓之人，画挺然特出之花，岂非梅花知己乎？"真可谓一语中的。

在后期的书法创作中发现，倪先生书风在不断变化，可见倪先生平时都在思考、学习，他不停地在否定自己、修炼自己。以书法为例，从前他主要学《石门铭》，书风自然开张、气势雄伟、意趣天成，表现出大朴不雕的阳刚之美。后来他研习晋《爨宝子碑》和泰山石刻，朴厚古茂，严谨浑厚，奇姿百出，又平稳端宁，使他的书法刚柔相济，气势磅礴，显示出古朴典雅、婉约灵动之美。

从乐清师范学校毕业后，倪先生先后在芙蓉、虹桥教书。1956年倪先生调入县文化馆，负责全县群众美术辅导工作，一直到1985年退休。在这漫长岁月里，他几乎把所有的精力与时间都放在乐清的书画、摄影人才培养上。解放后的乐清，经济落后，艺术人才严重缺乏，因此培训一大批新人的工作迫在眉睫，倪先生看在眼里，急在心上。他就想方设法去了解乐清各地书画人才，一旦发现哪里有好苗子，无论山有多高、路有多远，就会去寻找，那时候轮船少，且速度非常慢，汽车就更少了，倪先生经常靠步行。他像淘宝一样，淘出了乐清的许多艺术人才。听说卢法良先生有绘画才能，但他住在城北山上的黄檀硐，离乐清市有十来公里。倪先生二话没说，第二天就步行去找他，让卢先生感动万分。胡铁铮也是他发现的，对此胡兄耿耿于怀，人们一说起倪先生，他

就会讲起倪先生关心培养自己的过程:

1970年,我被调回柳市区第一小学工作。我喜欢画画,跟温州戴学正老师学画山水。平时除教学外,还负责学校环境美化工作。4月的一个傍晚,我从学校回家不久,见一个慈眉善目,穿着粗布对襟衣服,手中拿着一卷纸和笔,正在上园新屋糟门间,向邻居打听胡铁铮住在哪里。我一听,马上从东轩间飞跑出来,说:"我就是,我就是。"一看,不认识!他见我愣在那里,马上自我介绍说:"我叫倪亚云,在乐清文化馆工作。听业余作者介绍,说你画得很好。"我马上将倪老师请到家中,他慢慢说明来意,乐清文化馆组织美术创作学习班,请我参加,一起学习创作新作品,为工农兵服务,并详细介绍了学习班的情况。我一听,真是又惊又喜,非常感动,连说"谢谢"。我一个小学教师,住的地方又难寻,倪老师不知道是怎么找到我家,又送纸,又送笔,一口水没喝,即坐轮船回乐清,来回至少要半天。

有了冒尖的学生之后,倪先生开始办学习班,并亲自授课,手把手教学生。学习班一年有几次集中创作展览,倪老师每天都亲临指导示范。为了给学员们提供学习园地,展示创作成果,他还编了《乐清群众美术》杂志,后来改为《工农兵美术》,这是乐清第一份美术报纸。倪先生亲自托裱画作、拍照,还跑到温州《浙南大众报》制版,又匆忙赶回乐清印刷厂。这个小刊物,一年编四期,每期发表二三十幅美术作品。为了征集作品,基本上都靠步行。

据邵通尧先生回忆,当文化馆需要倪老师搞摄影时,为了乐清的摄影事业培养新人,他毅然决然地放下美术工作,主动承担起摄影工作。倪先生经常深入各地拍摄,还爬雁荡山百岗尖拍日出。拍摄了大量的优秀摄影作品,同时培养了一支庞大的业余摄影队伍。他自己也拍摄了大量有价值的作品,成为乐清历史的珍贵资料。

作者（左一）、倪亚云先生（右一）、林曦明先生（中）

倪先生曾拜国画家施公敏先生为师，跟他学国画，主要是花鸟画。施先生毕业于上海美术专科学校，与何香凝是同学，参加过中华民国第一届全国美展。1957年，倪先生到浙江省文化馆干部美术学习班进修，得到潘天寿、邓白、翁祖亮等名家传授，受益匪浅。倪先生在此接受了一段较为严格的美术训练。同时，雁荡山作为中国著名的风景区，自然引来了许多全国著名的画家，像秦岭云、陆俨少、林曦明、郭怡琮等先后来写生、采风。再加上倪先生自己又在文化馆工作，自己又有这么好的技艺，可以使自己的画作更大地提升，让自己出名得利，应当是轻而易举的事。但是倪先生没有这样做，他把自己更多的精力与才能献给了乐清的文化艺术事业。

倪亚云先生的最可贵之处，是他的人品、人格他完全可以立己，却首先立别人。他不仅为学生上课、编刊物，还给学生提供接触国内一流大师的机会。胡铁铮兄常常对我说，乐清的画家几乎没有哪个不受倪先生影响的，特别是他会把自己的学生毫无保留地介绍给全国名家。经倪先生安排，胡兄曾多次到雁荡山与名家接触，接受名家的指导，使自己大开眼界。他说：戴老师教我笔笔中锋，笔笔清楚，笔笔有来历，讲究笔法。我跟着秦岭云，第一次看见他落笔横涂竖抹，八面出锋，笔根见底，全无成法。不禁惊叹道，原来也可以这样画画的！这与作家莫言看了马尔克斯的《百年孤独》说的话有异曲同工之感：原来小说也可以这样写！

通过近三十年的文化馆工作，倪先生教出了许多优秀学生，从而使乐清的书画、摄影创作成为在温州、浙江乃至全国都有影响的一个城市。更重要的是，倪先生为乐清创造了一个书画、摄影艺术具有浓郁优良传承的氛围。都说人生成功路上要遇到高人、贵人。高人指路，贵人相助。从这点上来说，倪亚云先生就是学生们的高人兼贵人了。

我是学书法的，偶尔也向倪先生请教，他毫无保留，建议我学《爨宝子碑》《石门铭》及泰山石刻。他对我说，学书法要选自己喜欢的碑帖，起码要学三家以上，反复临摹，才有所得。我几次请教，他所回答的都一致，可见倪先生的真诚。大概有七八年的光景了，听胡铁铮兄说，倪先生身体有些欠恙，说自己要去看他，我说我也要去。倪亚云先生在文化馆工作期间，家庭生活很困难，光租房子搬家就搬了十多次，搬来搬去。在快退休的那几年，还住在灯光球场舞台边上一个小小的阁楼里，后来分配了一间公房，在西门影剧院边上。现在倪先生住在东门小区，房间里非常拥挤狭小、简陋，这样的画室似乎与一个著名画家很不相配。房间中间是一块大画板，四周只能通过一个人，我们在凳子上一坐，前面的人就无法通过。看上去，倪先生面容有些憔悴，但从眼神里依然可以看见他的慈爱之情。令人窒息的空间好像阻碍了要谈的更多话题，坐了十来分钟，我们就起身告辞了。

　　"落红不是无情物，化作春泥更护花"，倪先生把一身清气留给了乐清大地。虽然他与我们永别了，但他那种不追逐名利、胸襟坦荡、豁达大度、无私奉献的精神，将永远保存在我们心里。如今，冥冥之中，当他知道乐清的书画艺术正是鲜花烂漫、姹紫嫣红之时，我仿佛看到倪亚云正与众多的山花一起，在春风中笑得更加灿烂！

2017年12月5日

半溪如梅

张君艺宝来电，说东君的老丈人半溪先生病危，正在住院。去年1月15日下午，与施中旦、简人、张艺宝、郑亚洪、黄崇森等同往乐清三医探望。东君说，他身体很虚弱，还在睡觉。大家觉得不好打扰，便在走廊里谈起半溪先生的逸事。

半溪先生原名施正，其实从我工作起就知道其人。那时镇上的人大都以"施正"呼之，也有人叫他"希正"。先前，许多人对他的名字大觉不解，我也是茫然了好久。但后来与蟾河施氏辈分结合起来，就知道他是希字辈，故名。镇上的人一说起他，就先说他的字好；一说起写字，也往往会提到他的名字。仿佛他的字与人已经融为一体了。我看他早期的一些书法作品，少不了受黄山谷的影响。半溪先生的字左右伸展，底盘向外开张，整个字如金字塔状，而妙在整行矫如游龙，生动活泼，让人称颂不已。当年，我跟恩师陈铁生先生学书，刚开始学的也是黄山谷，所以也就更喜欢他的字了。东君在他的《半溪先生》中证明了这个事实：

"文革"期间，红卫兵把一些旧书字画之类的东西堆放在一座废弃的老宅里，他在无意间看到了黄庭坚的《幽兰赋》屏风，是用朱砂拓的，每个字足有海碗般大，共十余幅。他每回偷一两幅，花了一个月才把《幽兰赋》拿到手，心中不免窃喜。后来，这十余张《幽兰赋》也就被他反复揣摩后熟记于心。

说起半溪先生，人们总会讲起四十年前那场大火，那场载入柳市镇志的火灾：1971年9月28日深夜至29日凌晨，柳市前街木尺厂发生特大火灾，大火焚及保健院、供销社及21家住户，6人丧生，1人重伤。死于那场火灾的6人中，就有施正先生的前妻和两个小女儿，重伤者就是他本人。沉重的打击改变了他的人生：火是熄灭了，但他内心从此留下了一团灰烬。此后，他带着深重的心灵创伤，拖着两条病腿，走进泰顺县的深山里，以酒、以墨为伴，痛苦地挣扎了一年多。

施正先生　　　陈尚云/摄

我第一次见到半溪先生，是在蟾河公园落成之际。村里举办纪念活动，请他与中旦先生共同主编六洲先生施元孚的纪念册。他给我的第一印象是字好、清贫。他手里提着一个会议用的袋子，给人一种旧兮兮的感觉。他的讲话稿写在一张破纸上，正面、背面都写满了密密麻麻的字，有些文字还写在书上，以致读起来的时候不够连贯，纸上读一下，接着又去找书上的文字，让我们听得有些累，但凭着他对施元孚知之尤多、尤深、尤细，让我们不得不佩服他做学问的那股认真劲。

半溪先生来过我家一次，是与赵乐强、施中旦诸君一起的。席间，他坐在我的身边，我向他介绍我的拿手菜：猪肠杂鸭血。他尝了，连说"喜欢"。他吃得不多，才喝了两小杯白酒，但他对我说，他四年来没有喝过这么多酒了。吃完中午饭，大家都请他先开笔，他来了兴致，濡墨挥毫作了七八幅字，其中有几幅是写给我的。

看了我的书房后，他对我剪报上所收集的温州民俗资料非常感兴趣，后来每次与我相见，都要提到这件事。我给他递上了一杯茶，他喝了几口，心中仿佛略有所思，叫我拿纸笔来。我还是拿来了毛笔，他坚持说不必，我也不好勉强，他便随意拿起红笔就写：

人是今时人，杯是古时杯。葫芦之中藏天下，几片佳茗到心头。余此首为非诗非文，于孙平家偶占快句，以破俗姿。

无　题

无聊无题，无题不题，题题亦可，可题则题。

一题三百，三百无题，题来皆可，自遣自题。

雨山听松

饮口清茶作大题，道是三百无从起。

雨山茅庐自成屋，听松听到五更里。

三册将尽，一餐饭熟，所剩古画微，长言五首。

余先名屠龙也，后以铁琴瘦自称，琴瘦为国音所不齿。后以半溪为之，方言则又难入耳也，是谓溪，能痴故，余不成大痴，因谓之也。

丙戌岁春四月初二日，于孙平家饮茅台之酒，久而未消，后劲之大，书数幅大字，此余四年未有之事。

半溪

诗文中充满禅意，有些内容我自觉费解。而据张艺宝说，半溪先生曾名屠龙，在《蟾河八咏》中使用过。他自己以前从未提到过，看来这是个新发现。

我去过半溪先生的家，说是家，其实与书画创作室难以分开。一般书画家都有自己的创作室，我以为凭他的名气，该是有一个像样的书房，没想到，竟像储藏室一样。我拿出他在我家写的书法作品，请他钤印，他拿出一块约2米长、1米宽的木板来，一边靠在小桌上，一边坐在一条小凳子上，没想到这就是他的书桌。他有许多印章，但都是质量参差不齐的石头，好几个印章都是两头刻的。他先是选了几张，说是不行，不要拿出来，以后补给我。他钤了两幅作品的印，就坐下来歇息一下，我纳闷，钤个印会有那么费劲吗？可见其对艺术之认真。

我和半溪先生碰面大都是在中旦君的长江电气公司里。那时他正开始着手编施元孚先生诗文集《林泉高致》，后来又与中旦先生一起

施正先生画梅　　陈尚云/摄

编纪念施元孚先生诞辰三百周年的作品集《六洲颂》。每回见他总是提着两个破袋子,一个袋子里放开水、药品什么的,另一个袋子里放着资料什么的,模样有点像鲁迅那个年代的旧知识分子。偶尔碰巧看见他出门,就开车送他回家。尽管经常这样往返,但每次到长江公司后他就忘记艺宝的办公室在几楼,每次都要艺宝下楼接他,好像除了书画,其他所有的一切他都不放在心上。

闲聊了一阵子,东君对我们说,他的丈老醒了,我们可以进去看他了。东君开始一一介绍客人,半溪先生赶忙说:"孙平、艺宝当然认识。"先生看上去身体已大不如前,脸色苍白,形体消瘦,头发散乱,我们倒一下子认不出他来了。与重病患者说话,比在皇帝面前还难说,我们都不知道该说些什么。

还是中旦君先开口:"你比以前瘦多了。"

"唉,都怨自己平时太不注意了。"先生叹道。

"没关系,以后会慢慢地好起来的。"中旦君安慰说。

话未说完,施正先生就冷笑起来:"嘿嘿!我还不知道吗?"他的冷笑带有些自嘲的味道,仿佛他早已知道自己会有这么一个结局了。看上去,他没有一点悲伤的样子。他一边说话一边打嗝,显然是由于肝的病变刺激引起膈肌痉挛。先生拿出了给自己写好的一副挽联:"乐情在水,静趣同山。"虽然是病中所书,但依然古朴遒劲,还带有一股苍凉之气。我们看了越发地沉默起来。此时,东君拿出正在编辑中的《半溪翰墨》样稿,他霍地从床上坐了起来,像换了个人似的,兴致勃勃地介绍每幅作品的一些创作感受和自我评价。

约过了半个小时,他看上去有些累了,我们开始告别。从此就再也没有见过先生的面容,听到他的谈笑了。我们在走廊里谈论其人,仿佛也把他的一生压缩在走廊里的那一小段半明半暗的空间与时间里了。2011年3月25日,半溪先生弃笔离开人间,年仅六十有八。

托尔斯泰说：幸福的家庭都是相似的，不幸的家庭各有各的不幸。半溪先生经历的磨难，是一般人无法想象的。经历了人生的一次又一次打击之后，他的性格也趋于孤僻。他喜欢独来独往，独居独作，孤独地画着心中的梅花，孤独也如在自己心中流动的线条。我每次见到半溪先生，都会想起那场大火。我常做这样的想象，他是否每天总觉得自己的身边每时每刻都在燃烧着无法扑灭的大火。他不想和这个世界多接触，害怕别人提起旧事，害怕人们说起"火"字。他把自己比作梅花，孤冷地开放在荒冷的山巅水涯，唯有在三九严寒才

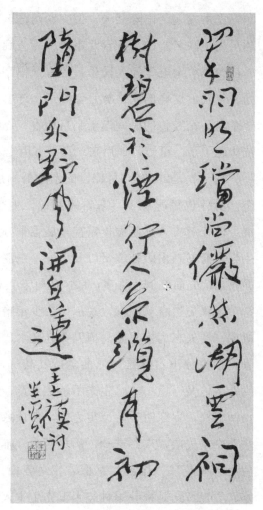

施正先生书法　陈尚云/摄

得以显示生命的绚丽。他把自己的创作室命名为"雁云堂"，大概是愿自己宛如云缥缈在人间吧。按理说，半溪先生晚年在经济上并不困难，但他惯于过清贫的日子。他脑子里唯有书画，不以物喜，不以病悲，甚至不以死为意。在人间他只有书画相伴，归去了，所留下的也只是书画。

半溪先生人生中最辉煌的时刻有两次：一次是1990年台北举办的半溪个展。那次展出由"台北市画学研究会"会长王卓明与陶家伟、黄期

允三先生发起，由陈立夫、倪文亚两位国民党政要及浙江同乡会理事长胡炘先生联名赞助，在台北市"金品艺廊"举办。据说当时他的一幅字曾在台湾卖出五千元人民币，还有一幅字在日本以一万元人民币成交。那个年代，这样的润格算是蛮高了。连书法大家沈鹏都不得不对他这样一个名不见经传的民间逸士刮目相看，还特地给他的一本将要出版的书法集题了字，可惜，他后来一直没有用上。

另一次是2009年9月12日的上海书画展。之前半溪先生一直十分消沉，身体也每况愈下。东君跟我说，他想借在沪举办"半溪书画作品展"，让老丈人重新振作精神。展览举办那天，当代国画名家林曦明先生与上海书画出版社编辑以及上海、乐清书画界同人均莅临捧场，他的面色也比先前红润了许多，眼中闪烁着兴奋的光芒。

半溪先生喜欢画梅，说："余少年嗜画，而好梅亦始于画中。青年时期，便矢志为梅写照，梅乃灵异之木，雄强奇拙之性，铁干冰肌强其骨，横空独出占其雄，屈曲盘旋壮其气，梅之品性岂寻常草木所能知焉？"他又写道："'生来不解迎人意，难向春风仰面时。'此心犹如山间野梅，岁寒时节，冰雪之中，偏顶寒风，喜而怒放。梅，堪为知己乎？中华民族，屡经浩劫，历尽磨难，唯有此花可相比拟，故素有'国香''国花''国魂'称谓。我之爱梅，独爱其清、其韵、其风神骨态。"也许正是梅花秉性与半溪先生本人的人生追求和遭遇暗合，使他"不画群花独画梅"，他说："四十余载，痴情于此，今垂垂老矣，思之，不禁哑然失笑。"

逝者如斯夫，雁云堂空，半溪如梅。

2012年

献给翟汉斌老师的祝酒词

　　一个买不起牧笛的放牛娃，一个贫苦的农民儿子，长大后却成了舞台明星，一个把爱当作生命的人，一个天才的歌唱家，他就是我们的老师——翟汉斌。

　　他从歌剧唱到黄梅戏，从《牧歌》唱到《驼铃》，从杭州唱到西藏，从安徽唱到北京，从机关唱到农村，从领袖唱到普通老百姓，他的足迹踏遍了大江南北，长城内外留下了他那魁梧的身影。一部歌剧，捧得了闪光的奖杯；一首《我的太阳》，赢得了观众们雷鸣般的掌声。

　　敬爱的翟老师，您的歌声里具有大海般的激情，像阳光给人们带来无限的光明。可谁又能够知道，你的歌声里也包含着泪水，事业的磨难，生活的艰辛，曾经走过的坎坷的路程。

　　您被打成"右派"，被送去劳动教养，心爱的妻子因此背信弃义，掠走钱财，带着罪恶，和另外一个男人结成了新的婚姻，可怜的老母亲因此流浪街头，她把人们丢弃的菜叶当作粮食，过着乞丐不如的生活，一个本来好端端的家庭被蒙上了阴影。

　　那时您仿佛在唱自己的故事，唱着悲欢离合的人生。您曾被事业冤枉过，您曾被爱情欺骗过，而更多的是成功、是喜悦。留给我们的是您对爱的忠贞，对人民所贡献的艺术青春。

　　而今您仍然为歌唱事业发挥余温，从乐清到安徽，从安徽到乐清，漫长的旅途上踏遍了您的脚印。您不知疲倦地教给我们歌唱的艺术，使我们沙哑的喉咙有了美妙的歌声，使我们平凡的身体变成了演员般的造型。歌声是情感的表达，歌声是人生最良好的朋友，歌声像一坛美酒，给我们以澎湃的激情。歌声使我们懂得了爱，懂得了关心，即使是一块冰冷的石头也能摸到体温；歌声使我们远离

瞿汉斌老师与夫人　孙平/摄

生活的苦涩、爱的烦恼，冲淡了炎凉的世态人情，伴随我们度过艰难的生命旅程，使我们对未来充满无比的信心。

　　三十年的舞台生涯，十年的教师经历，还有业余的教学生活，对您来说也许只是一部饱经沧桑的长篇传记，可对我们来说，更多的是思想的启迪，是榜样的力量，是一篇壮丽的人生课文。

　　如今您的学生遍布祖国各地，硕果累累，满天星星，我们就是您最可靠的学生与朋友，我们就是您最亲的亲人，您已经建立起新的幸福的家庭，真是苍天有眼，人间有情。我愿千万行诗句化作一个祝愿，祝您的歌声永远动听，祝您全家身体康健，爱情美满，吉祥如意，永远年轻！

2006年12月17日于柳市

施中旦的清洁事业

由于私交，我经常到施中旦、张艺宝办公室去。每次走进德长环保公司厂区，都觉得这里不像工厂，绿树成荫，鸟语花香，井然有序，清静雅致，仿佛进入了宾馆、公园。

听了公司总裁施中旦的介绍，笔会的同人们才知道，这里正在生产着，而且是一年到头，不会停止。他说："中国30年改革，垃圾处理只有10多年的历史，起步较迟。上海城市生活垃圾每天2万吨，而北京市日产垃圾也有1.84万吨，如果用装载量为2.5吨的卡车来运输，长度接近50公里，能够排满三环路一圈。乐清是鱼米之乡，这些年来，垃圾处理也成为很大的问题，负面影响严重。垃圾围城，已经严重地制约了乐清城市化的进程，影响了乐清经济的发展和乐清人民群众的身体健康。"

乐清的垃圾原来靠简易填埋，由于无法得到规范处理，污染了环境，村民反对，政府为难。下雨天，污水流到母亲河、流到农田里，稻就是不黄，有人以为是田肥，其实有毒。长期用药水打苍蝇，使苍蝇身上产生了抗体，药水失去了效果，接着再用药水，就失效，结果苍蝇长得很大，又死不掉，而且越来越多，使我们想起了恐怖的星球大战影片《人蝇大战》（英国的游戏竞技节目）。垃圾已成为影响我们生活的头等大事，许多新乐清人，也在批评我们这里的环境，而许多有钱老板，

德长环保厂区　　　　　　陈尚云/摄

都搬到大城市或环境优美的地方去住了。

他说："为了高起点，我们到中国台湾、日本、欧盟等地参观，吸取其他国家和地区垃圾处理先进经验。回来后我们在平湖、台州建立了公司。平湖项目日处理生活垃圾900吨，是建设部示范工程；台州市危险废物处置中心是台州及周边地区危险废物处置唯一的项目，是国务院定点的全国31个项目之一；乐清市柳市垃圾焚烧发电建设项目规模为3台日处理600吨循环流化床锅炉，日处理可达1200吨，两台12兆瓦凝汽式汽轮机发电机组，年发电量约为1.4亿度。工程总投资为3.35亿元。工程于2010年7月开工建设，2013年3月竣工，2013年11月经浙江省环保厅核准投入试生产。正式投产后，可以处理乐清大部分的生活垃圾，而乐清项目是浙江省重点项目，还是浙江大学定点的'研究生教育实践基地'。同年10月23日，环境保护部华东环境保护督查中心组织浙江省环境保护厅、中国环境监测总站、浙江省环境监测中心等单位对乐清市柳市垃圾焚烧发电建设项目进行了竣工环境保护验收现场检查，该项目顺利通过验收。三个公司总投资9.8亿元，利润低，非常透明，但不用找销售，送货上门。"

听完介绍，施中旦便带我到生产现场参观。路过一个庭院，院门上刻着由赵乐强先生题写的"宜园"二字，照壁上刻有施中旦的词《满庭芳·乐清环保项目竣工感怀》：

玉甑扬辉，名山含翠，一楼雄踞河津。绿荫深处，蟾水影粼粼。从此家山面貌，街衢洁，草木欣欣。忍回首，围城垃圾，秽气复烟尘。

殷殷，倾热血，民生义重，不负梓亲。且休顾虚誉，赢得情真。还我蓝天碧水，光世界，原野清芬。轻烟起，依稀篆就，一幅彩图新！

里面有凉亭、小桥、假山、花木、草坪等，彩色的鱼儿在池中戏游，使你仿佛进入苏州园林。四周有近30幅作品，系乐清市书法家书写的历代诗词名作的精品。

这是一次题为《乐山乐水，我的家园》散文创作笔会，是由乐清日报社与德长环保有限公司联合举办的。施中旦是儒商，是文人，办工厂的文人，他是蟾东人，来自蟾河文脉。他在《蟾河回眸》中说："蟾河故地，曲水萦绕，中涵六洲，状似玉蟾戏水，始迁祖松麓公卜此而居，并名之曰'蟾河'，岁月沧桑，历今凡七百年矣。蟾水泱泱，六洲叠翠，此地渚清水秀，草木丰茂，始祖以耕读传家，轻功名、重信义，洁身自好，不慕繁华……至晚清、民国，施氏族人名家辈出，有文士元锄公、史学家仲舟公、诗人咏西公、画家公敏公，还有倾资筑堤、防洪抗灾、名入七贤的兰友公，及当代中国科学院院士、著名细胞遗传学家施立明教授诸君，可谓人杰地灵。蟾河之地，历经开发，至清康乾年间已颇具声名。其间小景，引人入胜，元孚公命为'蟾河八景'。"

以山水散文著名的清人施元孚先生《碧环院记》写道："游斯院者，林泉掩映，景物清幽，如入穷山深林，不觉为村野也……虽然，兹院处村落间，观其庭阶古致，木老林苍，非累百十年不能如是，岂不美哉？"

蟾河之景，可入诗入画，为乐清一奇观。

在全封闭的仓库里，垃圾堆积如山，五颜六色的垃圾袋，像开满山岗的罂粟花，艳色吸人眼球，却让人毛骨悚然，这其中也有我家的一份，我想这样处理了真好。

在垃圾处理车间，端坐着十来个工程技术人员，都是用电脑操作，24小时不间断，从屏幕上可以看见垃圾焚烧过程。送进去的是垃圾，放出来的是电，真是化腐朽为神奇。工程技术人员向我们介绍说："德长环保采用的是目前国际上最先进的焚烧技术及浙江大学流化床焚烧工艺，利用生活垃圾焚烧生产的热能发电，实现垃圾处理减量化、无害化、资源化要求，垃圾燃尽率接近100%，外排污染物浓度均优于国家标准，其中二噁英排放浓度接近欧盟标准。公司不断引进优秀的人才与先进的设备，完善各项技术，确保垃圾在燃烧的全过程中做到尽力排除一切安全隐患，拒绝二次环境污染，同时焚烧后的炉渣无臭、干燥，几乎不含可燃物，安全无污染。"

前段时间，网上有各种各样的谣传，大部分人不明真相，产生猜疑，更多的却是怀着环保意识，担心垃圾发电厂会污染周边环境，其实人们都想拥有好环境，但谁都不愿意把厂建到自己的村子里。而柳市人多数都是理解的，因为他们赚四方钱，眼界开阔。

为了让广大群众了解垃圾厂真实情况，施董与他的核心层也动了不少脑筋，除了请电台、报纸、领导参观宣传外，还在乐清市政园林局和柳市镇人民政府的组织下，由湖西村、张家湾村、万南村等村民自发成立了"垃圾焚烧厂市民监督小组"，形成了政府监管、公众监督、企业自律、第三方监测四个约束层面，促进了政府、公众与企业之间的交流沟通和有效管理。该公司还配备了在线监测系统，垃圾焚烧的标准及数据与政府环保部门联网，并且将定期公示，监测环保情况，同时在厂区门口显示屏上随时显示焚烧炉炉温及烟气排放的主要成分及含量，使之公开、透明，并组织市民监督团监督运行过程，便于环保部门和广大人民群众了解、监督，以确保技术水平和工艺水平得以不断提高。

努力打造公园式的环境，作为文化人，努力使自己做得更文化一些。杭州、台湾焚烧厂离居民地都很近，但环境好，老百姓结婚、办喜事都到公园里来。他指着东边的一块空地说，公司要投一些钱，为村民建一些公园，为他们提供休闲、娱乐场所。

施董一再强调："做环保，最难的是技术。明年德长环保公司将要上市，继续投资做环保项目。"

想要干净，得要付出。在乐清由于土地等碰到许多困难，我们搞了十年，十年辛苦不寻常。十年前，许多朋友劝施中旦一起做房地产，被他婉言谢绝了。他说，我们为什么要搞垃圾处理，因为从前我们搞电器，的确污染了环境，现在想改变一下。

是啊，施中旦总想改变着什么。早年，他在学校写大字报、编报纸，是胸怀祖国；接着，他独自一人，离开家乡，离开父母，到福建打工，那时，他想改变自己的生活；后来他办起电子设备厂，他想体现自己的能力，也想改变一下周围一些人的生

德长环保厂区一角　　　　　陈尚云/摄

德长环保卸料平台　　　　　　　　陈尚云/摄

活；后来他办起了长江电气集团，他想改变更多人的生活；现在他想改变一下家乡的环境。他想城市干净了，人的心也会变得干净了。

做了十年环保，现在已初见成效，十年了，施中旦无怨无悔。他在《题宜园》中说：

　　　　十年奋发乐艰辛，新宇初开夙愿成。

　　　　碧水蓝天游子梦，一腔热血为谁倾？

蜜蜂做甜蜜的事业，花儿做美丽的事业，施中旦做清洁的事业，我祝愿他的梦想成真，更希望乐清尽快能变成城市花园，真真正正的鱼米之乡。

2015年

相遇胡金林

一

我曾经从事银行信贷工作，因而与"五金大王"胡金林有一段不平常的交往。

我喜欢收藏一些账册和工作笔记，通过这些记录，可以反映这个地区某个时期的经济面貌，也可以窥见这个时期某个单位的真实状况，以及我整个工作过程中的每一个细节。根据银行贷款四级分类制度，将贷款划分为正常、逾期、呆滞、损失四类。在呆滞贷款栏目中，记载着乐清第一轧钢厂欠款16万元。呆滞贷款是指逾期超过一年期限仍未归还的贷款，也就是说，这个企业的贷款到期后，已超过1年了，但仍然还没有还清。1984年春节，因牵涉到"投机倒把"罪，胡金林出逃2年后潜回柳市，马上被捕。关了两个多月之后出狱，就决定办轧钢厂。厂址选在柳市后垟桥边，厂房租用东风村，占地4.5亩左右，造了个简易厂房——一幢二层楼的办公用房。1985年6月，开始投产后，并到银行要求贷款。我与行领导一起到他厂里调查，并看了生产现场。主要设备是一条生产流水线与一座钢炉，都是从国有企业退役下来的二手货。红彤彤的钢筋像冰糖葫芦似的，从流水线里慢吞吞地游了出来，冷却后，被堆放在地上。我曾干过5年钳工，几乎每天都与钢筋打交道，但这些钢材与平时我所接触的有很大的不同，绀青色，螺纹也不规整，看起来非常别扭，有些可笑的样子。而且凭我的感觉，比正式钢筋规格似乎小了一些，我担心的是它的质量，还有胡金林毕竟是个"投机倒把"分子，脸上曾经打过"印记"，其信用如何，不太清楚。都是本地人，虽然我历来对他们的处境有些同情，但心里还是忐忑不安。

二

胡金林个子不高，一米六五左右，长着一双大眼睛，皮肤洁白，不像个农民，看上去就像经商的。平时虽然经常碰见，但没有来往，这一次是我正式与他交往。他向我们一行介绍办厂经过，好像经过准备似的，说起话来头头是道。企业情况，未来展望，没有说不好的，唯一的困难就是缺资金。他说："我与兄弟胡忠林等亲戚筹资，注资资金80万元，厂名是乐清第一轧钢厂。我们聘请了一名钢铁厂退休工程师指导生产，一定能保质保量；慎江、黄华等沿海一带造船剩下的废料、边角料又这么多，离这里又这么近，我们厂又在河边，交通便利，所以材料与运输根本不成问题；温州没有轧钢厂，乐清更没有，现在需要搞建筑、盖房子的又这么多，国家钢材又少又贵，我们的价格低，因此销售也不成问题！"听完介绍，银行领导提了许多问题，主要是质量与销售，胡金林一一做了回答，表现出信心百倍、胜券在握的样子。陪同我们调查的计经委领导也说：现在柳市这么多企业都挂靠上海、天水、沈阳等地的企业牌子，而胡金林却敢于打出自己的牌子，从这点上说，就非常了不起，值得肯定。还有产供销也不错，因为这是温州首家生产轧钢企业，相信企业前景一定会很好。

没过几天，厂里就派人三番五次来催要贷款，胡金林的大舅子还对银行工作人员说："你们国家银行是不会支持我们这些私人企业的，假如真的肯贷给我们，我立即就跪下来，叫你们'阿爷'都可以。"后来胡金林找行领导说了许多好话，终于贷到了20万元。在当时，这可不是个小数目，正泰集团前身"求精开关厂"开始只贷了15万元。可没过两年，由于轧钢厂纳入政府发展规划，私人企业没有原材料供应，同时，又没有环境污染处理设施，只好停产了。1989年，乐清第一轧钢厂宣布倒闭，贷款只还了4万元，还欠16万元，而且当时也没有人担保，是信用方式，我想贷款肯定是收不回来了。经过上门反复催收无果，只好向法院起诉。

三

作为经办人，自己觉得有些后悔。胡金林会愚弄我吗？1983年5月，温州市中院对"旧货大王"王迈仟案做出撤销原判，宣告王迈仟无罪释放。王迈仟住在柳市前街，出狱后，还在搞些电器等小生意。而我曾一度被调储蓄所当出纳，在柳市中街老银行上班。一座偌大的房屋，只有我与会计两人上班，业务很淡。王迈仟来办理业务，经常与我闲聊。一般我都问他有关"八大王"的事，当时这是柳市最大的新闻，也是我想了解的。我也曾拜访过他，他也跟我谈起胡金林：他是柳市后街人，兄弟共8人，名字中都有"林"字，他是"老五"。因为家庭人口多，温饱成问题，初中毕业后，他就开始盘算如何养活自己。穷人的孩子早当家，胡金林虽然不是老大，却有养活全家的雄心。他起先只是做量具、标准件的小生意，后来在柳市后街开了一间"向阳五金电器门市部"，做电器元件，也有些小产品生产再加工。胡金林脑子非常灵活，人际关系非常厉害，在兄妹中，是最能赚钱的。他的电器原料都是通过各种渠道从国营企业搞出来的，质量较好。生产出来的产品也是卖给上海、宁波一带的国营企业，利润高，销售款回笼迅速，所以钞票好赚。

老王介绍说：金林非常关注国家政策变化，像经过了"文化大革命"的干部，每天看报纸，听广播，还经常向别人打听北京、上海形势，对国家政策非常敏感，整天像个老渔民似的，观风使舵。他听到广播讲"投机倒把"，看到街上张贴"严厉打击经济领域的犯罪行为"等大字报，再探问那些被工商所找去谈话的生意人，他预感到运动又要来了。1982年3月，他关了门市部带上老婆去旅游，想避避风头，其实我晓得平时他不是一个爱玩的人。

老王说：上年底工作组进驻柳市，了解是否补了税。其实他已补缴了17个月的税款，共计6万余元。他总认为自己没有问题了，过两个礼拜，胡金林回了家，得知要补缴的税率上调了两倍，他门市部前墙上贴着催缴税款通知书；有关部门也已开始整理材料，通知他，必须随叫随到，等候处理；镇里又派人来告诉他不得外出，有事要找他。金林感觉情况不妙，于是他四处打听，消息传来，有几个做产品的被工作组叫去，好几天了，都没有出来。一天晚上，一个在镇里工作的朋友，突然来到他家，连家门都不进，只给他冷冷地抛出一句话：真要命，马上天要下大雨啦！胡金林听后，转身往屋里直奔，从抽屉里拽出早就准备好的500斤粮票、2000元现金和各种证件，连家里人都没有讲，就悄悄地溜走了。果然，当夜12点，有警车来抓人。此后，乐清县公安局向全国发出了通缉令。

王迈仟说：胡金林警惕性非常高，他首先注重的是自己的安全。1983年"五一节"，他躲在北京前门大街一个招待所。天光早，电话铃声从隔壁接待室传来，叫人去领通缉令告示。他立即觉得大事不好，慌忙从被窝里爬起来，一溜烟地逃走了。胡金林还一直往北逃，辗转于关内关外。他躲进了《林海雪原》中描述过的夹皮沟，过着滦平一样的逃窜生活。不过，最后金林还是算错了，他以为风头已过，悄悄潜回家里，想过春节。没想到在外逃了两年，结果还是被关牢里。不过，他命好，只关了66天就被取保候审，放出来了。他说，我知道可以逃的，但最后还是没有逃，后来被关了一年零六个月，病都被关出来了……

老王的介绍，明确说明胡金林不是个很可靠的人，前几年，工作组也指责银行：为投机倒把分子提供汇款账户，是"为资本主义开绿灯"。轧钢厂是股份合作，其实也是私人企业，所以这笔贷款本来就不应该发放。现在贷款都逾期一年多了，再收不回来，就要转"呆账"了，会成为"死账"，它将会长期影响我的奖金、评先进甚至前途，我心里非常悔恨。

四

突然有一天，法院来电话，讲明天一起去文成县，胡金林要把设备转卖给那里的一家企业，变卖后的钱还贷款。1990年底，我同胡金林、法院负责人一起到了文成。对方也是一家民营企业，我想：乐清企业都办不起来，你文成怎么能办得起来，看着你们倒霉吧。不过这些都与我无关，我希望它能卖个高价。在那里吃饭，自然由胡金林招待，有法院领导一起，我以为胡金林会大方一些，结果每餐吃得都很差。平时我知道他喜欢喝酒，我们客气地说"不喝"，胡金林赶快说："信直，信直，那我就不买了。"当然我们觉得有情可原，现在他的企业都没有了，还想吃这吃那的。在文成我们住了两天，与对方讨价还价，还是没有谈下来，但都有买卖的意思，最后决定双方再考虑一下。过了几个月，设备真变卖成功了，但胡金林很精明，提出免去利息，后来法院与银行也都同意了。这笔呆滞贷款终于收回了，我也放下了心上沉重的包袱。

轧钢厂不行了，我以为胡金林该歇息一会儿，没想到，他早就玩上电器了。第二年，胡金林又来要求贷款，这一次是以乐清市三林机床电器厂的名义。他又是与兄妹们一起合办了这个厂，因此取名为"三林"。他那不大的办公室里挤满了人，主要都是他的兄妹们。他们介绍说：胡金林的性格有几分"独裁"，可大家却又都喜欢听他的，就又推选他担任厂长、法人代表。胡金林向我们介绍时还是那样的高调子，他说：轧钢厂欠你银行的贷款已经全部还清了，我们是不会赖账的。目前公司主要生产交流接触器，我们在半年内开发出四项新产品，其中两项产品填补了国内空白，两项填补了省内空白，并同时被有关部门确认为省科技新项目。现在的品种比北京、上海的国营大企业还齐全。搞电器又是我的老本行，销售自然不成问题。而且正泰都想与我们合作，但我们不同意，所以我们的企业前途一片光明。好在胡金林也有自己的厂房，可采用抵押方式，一部分还可办理担保方式，这回我也放心多了。

通过经常接触，我发现胡金林的确与柳市其他企业老板不一样，他比别人多个心眼。他不想就只是生产一个固定的产品、拥有一个固定的厂房。所以，一有空他就会到外面走走、听听、看看，去寻找好商机，用他的话说就是：不要吊死在一棵树上。

五

三林公司成立后，企业稍微稳定下来，他又开始琢磨下一个目标。当他得知"国家将大力开发西北"的消息，就前往新疆经商。紧接着了解到海南将会有大发展，又去海南做生意；在2000年，朱镕基总理提出建立"中国—东盟自由贸易区"，他又觉得新商机来了。在东南亚考察了一圈后，他看中了内战后百废待兴的柬埔寨，认为：这里跟中国关系最为紧密，市场潜力也最大。在人生地不熟、语言不通的情况下，毅然做出了自己的选择，马上在柬埔寨创办三林国际电器公司，接着还在那里参股办水电站。

在过去好长一段时间，我的印象里，胡金林还是从前的性格，他喜欢打广告、上电视、被采访，喜欢夸大自己的事迹。前些年，他企业简介是这样的："浙江金三林实业有限公司成立于1981年，是江南地区专业生产高、低压电器产品的早期厂家之一。至1993年，年产值已达五六千万元。"而实际上该厂是1988年创办，他却提前了7年，而实际产值也没有这么高。他对记者说："1982年，对我的人生是很大的转折。没有这个打击，现在就不是正泰的天下了。1989年，轧钢厂倒闭，当地政府动员我成立电器集团公司，被我拒绝。"他拿出一沓照片，指着其中的一张对记者说："这是洪森的专机，当时我在考察水电站项目时，借我用了一天。"而在实际生活中，胡金林对人还是那样热心，办一些力所能及的好事。武汉、河北、沈阳有陌生人给他写信，请求资助，他二话不说，马上汇款过去。但是，当有人将他在中央二台《经济半小时》节目中播出的片子录下来，要以500元钱的价格卖给他时，他却拒绝了。他说："那还不如将钱送给贫困的人。"

六

2012年12月，柳市二小举行校庆，胡金林以企业界成功人士身份成为贵宾。校庆纪念册写道：被选举为"柬埔寨中国商会副会长和温州同乡会会长"，2009年，还被入选温州市"改革开放30年在外风云温商30人"，获2013年度"风云浙商会长"称号。他因在柬埔寨经常帮助及包括浙商在内的众多中国商人，他的公司被当地华人称为"第二个领事馆"。校方为了感谢那些对校庆有贡献的人，特意举行了宴会。胡金林坐在我隔壁，一看到我就聊了起来，他递给了我一张在柬埔寨的名片。胡金林比我大3岁，他比以前没有老多少，长一头浓厚的头发。他比过去更加沉稳老练，人也比从前朴实多了，已完全没有从前那样的锋芒毕露。

"一朝被蛇咬，十年怕井绳。"像子弹至今还留在身体里的军人一样，心头保存着永远无法抹去的创伤。"其实当年副省长吴明达会见我时，就希望我继续努力经营，要做大生意。我回答说：我现在只希望比好的差得多，比差的好一点就行了。我的原则就是，绝不当出头鸟，早起的虫儿被鸟吃。你看，马仁桥人是最早做电器的那批人，已洗手不干了，即使有做的也只是做小生意；'八大王'中除刘大元还在卖标准件，其他人基本上都在过着普通人的生活。"

"你也知道，如今在柳市电器这么难做，许多公司都在亏本，依靠借款来维持企业。他说：但是你要生存，你要养活全家，就应当走出去。市场一边挡住你的一只眼，另一边会掰开你的另一只眼。但大部分的不愿意被人掰开自己的眼睛，所以就看不见什么好东西，而只能听听叫喊声，所以我选择走出去寻找市场。我了解到柬埔寨电力供应严重缺乏，甚至还不如30年前的中国，绝大多数工厂都是用柴油发电机发电，配电设备非常落后，有的只是一把闸刀和四根铜条，有的甚至还用炮弹弹片作为替代品，我觉得办水电站好。近10来年，我的商业领域就涵盖了电气、餐饮、汽车修理、橡胶林种植及土地开发等多个行业，最大的是在柬埔寨开发种植了近1万公顷的橡胶林种植园。说有2万公顷，那是记者吹嘘的。"

与乐清别的企业老板相比较，他有着自己独特的思维方式。

七

"柬埔寨绝大多数电器产品都来自欧美，同样一款产品的价格与温州相比，要贵四五倍。但困难是当地市场需求相对零散，无法包下一整个集装箱发货，所以操作起来并不简单，曾有乐清企业无功而返。我发现金边有大批浙江青田人做小商品生意，我就在想，他们怎么发零单过来的？一问才知，原来他们发零单的渠道，就在义乌，就这样，问题自然解决了。同样，橡胶是不可替代的资源，现在我国也开始逐渐成为'轮胎上的国家'，一年橡胶的消耗量很大，但只有海南、云南出产，自给率却仅有20%，八成依赖进口，橡胶需求旺盛。而柬埔寨正适合种植橡胶。橡胶树种下去后，三五年就可以割胶，割胶期达到三四十年。目前已经有几百吨橡胶运回国内了，我这也是给国家做贡献。现在我的家人都在国内，就我还在柬埔寨，所以我经常都会来乐清的，这是我真正的家！"

胡金林在不同的场面，他会符合那里的环境，在一些场合他会表现出承让；在有些方面，他又要适应市场规则，该吹的还是要吹。所以你会觉得判若两人，认为他是个双面人，其实他是个矛盾的统一体，这是市场的使然，他没有办法。他表示不管怎样，自己不会离开原则，决不会违法。只有与胡金林深度接触后，你才能了解他。而无论怎样，他始终没有停止自己的脚步，他一直在锲而不舍地走下去。胡金林的眼在不停地转动，从眼里看出他的智慧、他的坚定。其实我对胡金林的看法早已改变，但这次使我对他看法具有深刻的改变。他总在想该为别人做些什么，该为国家做些什么，他已不是从前的"五金大王"了，他已成为一个心胸博大、开拓进取、爱国奉献的人。此时此刻，更使我对他肃然起敬。人都喜欢评论别人，很少能扪心自问：我这个人怎么样？我为社会到底做了些什么？想起这些，想起自己当初的所作所为，我感到有些脸红。

席间，大家请胡金林唱歌，他也不推辞，选了《跟着感觉走》："跟着感觉走，紧抓住梦的手，蓝天越来越近越来越温柔，心情就像风一样自由，突然发现一个完全不同的我。跟着感觉走，让它带着我，希望就在不远处等着我……"我觉得，胡金林就是在给自己鼓劲、加油。

他还唱了一首《敢问路在何方》："一番番春秋冬夏，一场场酸甜苦辣，敢问路在何方，路在脚下。"胡金林要保持着每天挖山不止的境界，他要看看前方，时常掰一掰自己的眼睛，寻找真正属于自己的市场。而接下来的路往哪里走，谁也不明白。我想凭胡金林的性格，恐怕连他自己都不知道。

是呀，既然选择了远方，便只顾风雨兼程！

2014年10月31日

该出手时就出手

——记反扒能手施保庆

他是一个反扒能手，是那个以花鼓戏闻名的安徽凤阳人，他叫施保庆。我原以为他是个子矮小、机智过人的模样，没想到他竟然是一米八左右的大个子。初看施保庆，浓眉大眼，帅小伙一个，却给人以敦厚、腼腆的感觉。你绝对不会把他与抓犯人的能手联系在一起。

这种镊子30公分长，最适合夹口袋里的钱物。就是这种镊子，与发生在我身上的一件事有关。因为家里来了客人，便上街买菜。早上街上人很多，平时我的警惕性很高，那天总觉得身边有人盯着，当我买完青菜准备付钱时，一摸口袋，一千多元钱还是不翼而飞。对面那女菜贩子说，你的钱被那个小偷偷走了，我看他用镊子夹的，我说你怎么不叫，她说他每天都在偷的，也不止你一个人。她说他们是个团伙，这几个人都认识的，就是不敢说，因为他们会报复我的。我着急了，这些公安人员都在干什么呀？那小贩子说，公安局就那么几个人，管得过来吗？我一时竟傻了眼。

2002年的一天，施保庆骑着自行车，走在乐清市七里港大道上。突然他发现有三个男人正气势汹汹地对一对年轻夫妻说着什么，不一会儿，那三个男人抢过那夫妻手中的东西，爬上小四轮货车就想走。此时，奇迹出现了，丈夫见此情形，不顾性命赶忙跑上去，拉住挡车板。车飞快地跑着，那个年轻人死死地抓住挡车板，一下足足被拖了一千多米，最后还是被甩下车来。施保庆便上去问个究竟。一打听，原来这是一种叫"落地捡"的骗人把式，夫妻俩看见地上有一沓"现金"。当他们还没反应过来，"钱"就被一名男子捡起，男子拉着他们说："别声张，先找个地方分钱。"正当他两人在偏僻处要分钱时，自称失主的男子赶来，声称自己丢了两万五千元钱，怀疑被他们三人拿走。为了自辩"清白"，大家分别交出身上的所有物品，最后双方互换财物以博取信任。谁知，那人拿走钱物，与分钱的那个人立即上车逃跑。夫妻俩顿时恍然大悟，但为时已晚，心急之下，便想拖住汽车，最后还是让他们跑了。就这样他们本想结婚置办的两万多元现金还有金项链都被骗走，夫妻俩都是外地打工仔，收入很低，那妻子见自己财物被骗，心痛不已，捶胸顿足，好不难过。目睹社会上这么多的小偷、抢劫犯，尤其是这次经历，爱打抱不平的施保庆决心改良一下社会风气。抓小偷、抓歹徒毕竟是一项非常危险的工作，为了提高自己的防范意识，所以他要参加团队，团队的力量更大，他要和团友一起干，2004年，施保庆加入了乐清社会治安志愿柳市镇义务反扒中队。

抓小偷是个技术活，不能误抓，不然会给别人留下心理阴影的。他常常放弃节假日休息时间，一边和队友们一起在大街小巷巡逻，打击路面盗窃，一边买来许多反扒知识书籍。通过努力学习，逐渐地掌握这门本领。

"小偷的眼神跟正常人不一样，特别是惯偷、职业偷窃者，专门盯你藏贵重物品的地方：金钱、首饰、手机等。主要是妇女，她们往往防范意识差，都是小偷关注的焦点。"他说，"医院，骗子假装病人，他们也拿着片子、袋子，混入队伍中去，伺机进行盗窃；偷摩托车、电瓶车的，一般都在晚上，天黑人看不清，容易得手；入室盗窃者，会选择在早晨买菜时，要是碰见有人在，就会说'对不起，我找错人了'；在菜市场，人流最多时，但更多的小偷会选择凌晨两三点，那是柳市的大市场，现金交易量多，人流量大，而此时商贩们又是身体疲惫的时候，正是小偷下手的大好时机。还有集市、闹市、公共聚集场所，都是小偷感兴趣的地方。在白石三月初十集市间，一天能抓八十几个小偷"。施保庆谈起这些，如数家珍，津津有味。

很快，施保庆练就了一双火眼金睛，也掌握了散打格斗的本领。一天一个小偷运用"碰瓷"的把戏，抢劫一个女的身上的2400元钱，被施保庆发现，立即冲上去。那人想跑，情况又发生改变，小偷碰倒了一个小孩，施保庆动作敏捷，他扶起小孩后便追。那小偷似乎开始耍小聪明，为了迷惑施保庆，想演一个金蝉脱壳之计，他赶忙脱下外套，这哪里能骗得了施保庆，只用了24秒的时间，就把小偷抓获。

2008年6月，据群众反映柳市到瓯北的公交车上的盗窃猖狂，在光天化日之下，把乘客的现金、金银等贵重物品都盗走，这些歹徒身上还带着武器，情况非常凶险。为了摸清情况，他主动请求担任这项任务。每天一大早就上车，一坐就是一整天，在经过十几天侦察后，把车上情况摸清了。在他的努力下，案情得到突破，把目标缩小，为公安机关快速破案创造了良好的条件。这个持刀抢劫歹徒团伙有7个人，据内线情报，他们可能在这天凌晨出来活动，反扒队必须做周密安排，不能给歹徒任何反抗的机会，施保庆配合乐清刑侦大队，将这个长期在这条路线上为非作歹的"镊子帮"抓获。

集体行动相对安全，但作为反扒队员，施保庆觉得自己重任在肩，平时单人外出，碰见小偷，也会不顾自己的安危，毅然出手。一次，他路过菜市场，正看到有人偷钱包，被那个中年男子发现，就对小偷说："你这是干什么，想偷呀？"这时突然从边上走出两个小偷，三个小偷一起上，围着那男子又是打又是骂，气焰非常嚣张。施保庆判断，个子大的是老大，打蛇首先打七寸，上前先制伏大个子。那两个见状便掏出刀具想报复。施保庆大喊一声："谁敢动，老大都抓住了，你们还能往哪里跑。"结果两人都被制伏，被送往派出所。施庆保一人同时抓三个小偷，终于声名大振，受到领导和同志们的一致赞扬。

施保庆也不是整天都在抓，他采取的方式以防为主，以正面教育为主。为增强市民的防范意识，自筹经费，印制了反扒宣传资料，张贴到各繁华地段。他对小偷进行分类，对那些因家庭困难等原因沦为小偷的，采用教育方式，留下他们的号码，进行跟踪，宣传诱导，使他们早日改邪归正。2010年12月，施保庆和队员还参加了乐清电视台纪实片《反扒纪实》和《自我防范常识》专题片拍摄，通过演示反扒经验和防范技巧，使市民学会了防盗常识。

施保庆是个业余反扒队员，他有自己固定的工作，他在中国人民电器集团某分公司工作，原来是车间主任，曾在生产工艺上大胆改革，使公司节省近百万元巨额资金，受到公司领导和工友们的好评。现在担任采购员，工作兢兢业业，精打细算，通过价格质量对比、售后服务，来确定采购材料，成为公司的重要业务骨干。

十年来，施保庆协助公安机关侦破凶杀案件2起、抢劫案件3起，涉案人员17人。抓获涉毒人员10名，缴获毒品海洛因有50多克、冰毒52克。抓住逃犯8名，抓获小偷536人。缴获作案工具30厘米长的镊子有350多把，管制刀具有92把，刀片及撬锁工具有600多样。揪住违法犯罪分子送交公安机关700多人次，被公安机关处理的有70多人，刑拘的有34人，协助公安机关破获涉毒案件8起，吸毒被公安机关处理的有12人，毒贩4名。归还失主电动车、手机、财物不计其数。至今施保庆和队员们协助公安机关打击了盗窃团伙27个，其中有买买提·卡斯为首的新疆盗窃团伙；江西乐安的乐东平为首的盗窃团伙；广西六安团伙还有妇女及聋哑人组成的扒手团伙；电动车盗窃团伙多个；在银行自动取款机上调换银行卡的团伙；"落地捡"诈骗团伙；持刀抢劫的团伙。

哪里有需要，他就到哪里。2008年5月12日队员赶赴四川参加抗震救灾，2011年7月23日参加温州动车事故现场抢险。森林旅游节安保、元宵节安保、登山迷路、落水打捞甚至外地中秋观潮安保都有他的身影。

施保庆由于成绩斐然，得到政府与社会的一致赞扬，先后被乐清市委、乐清市人民政府评为"2006年度乐清市十大平民英雄"之一；获得"浙江省优秀志愿者"荣誉称号；2011年被乐清市委、乐清市人民政府评为"乐清市首届优秀新乐清人"；2012年被乐清市新居民服务管理工作小组聘为"乐清市新居民办公室议事委员"；2012年被温州市新居民服务管理工作小组评为"优秀新居民"；2013年成为"最美新乐清人"的入围者。

而像施保庆这样的外地人，很少有做反扒工作的，偶尔有几个也是不稳定，做了几年就不做了。施保庆做这项工作，要顶住很大压力，他和妻子虽然都有工作，但在乐清这样消费较大的城市，生活自然很困难。特别令他头疼的是房子租金很高。施保庆的孩子在老家读书，由奶奶看管着，每次回老家时，他的孩子都会对他说："爸爸，我也是留守儿童，你可要多多关心我噢！"施保庆每当听到这句话，心里总是酸溜溜的，他觉得对不起自己的孩子。亲朋好友说："这项工作，危险性大，不但没有工资，自己还要掏腰包，图个啥？"尤其是妻子常常一个人待在家里，任何时候只要一个电话，施保庆就得去执行任务，自然很少有时间照顾她，为此他对妻子非常愧疚。小偷们说："你今天抓住了我，你又会增加一份危险。"因此施保庆有时也矛盾过，但他最终还是坚持下来了。施保庆说："每当我看见那些弱势群体，那些人被偷、被抢之后表现出来的绝望情景，自己就受不了。如果大家都不管，必然会助长不良分子的犯罪行为，老百姓就没有一个安定的环境，乐清的社会就不会平定。'路见不平一声吼，该出手时就出手。'只要社会需要，我永远会做反扒队员的。"

　　"一个公安人员的肠子都被歹徒刺出来了。"施保庆的这句话时刻在我耳边回响，只要施保庆当一天的反扒队员，危险就会伴随着他。我不禁想起鲁迅先生的那段话："中华民族自古以来，就有埋头苦干的人，就有拼命硬干的人，就有为民请命的人，就有舍身求法的人……他们是中国的脊梁。"施保庆是好样的，我们愿施保庆永远保持自己的侠骨英风！

2013年11月23日

战地黄华

——黄华城堡的思考

战争总是从侵略开始的，而防御却都是来自许多次的牺牲与付出。据新《乐清县志》《乐清市军事志》等史书记载，自明太祖洪武二年（1369）到嘉靖年间的近三百年里，乐清县遭海盗烧杀劫掠次数就近30次。战斗在盘踞在海上的倭寇与大陆上的民间人士、国家军队之间展开，其间虽然曾经涌现出许多不怕牺牲的勇士，而最终却大都以失败告终，牺牲将士与被掠夺的财产不计其数。胜券却一直掌握在倭寇手中，面对倭寇，我们只有束手无策、望洋兴叹。让我们把视角转入乐清黄华镇。

黄华发端于南宋，沿海村落大多形成于明代，村民以务农为生，以种植水稻为主，捕渔、捞壳、晒盐为辅。沿海海涂资源丰富，增加了当地人民的收入。这里还是温州地区的通商港口和中转码头，黄华上岩商行在温州享有盛名，年贸易额达2000万元以上。黄华位于瓯江口，东濒乐清湾，出乐清湾就是东海了。南有岐山、凤凰山、黄华山为屏障，北有斗山、岱山为枕。独特的地理条件，为黄华带来经济繁荣的同时，也是侵略者首先要掠夺的对象。据《许公堡记》载，"黄华一镇，尤为温郡要地，岛夷入犯，必经之道"。瓯江的平静水面，顿时掀起万丈波涛。而历史的记载，却令人仿佛从噩梦中惊起：

明朝洪武十七年（1384），倭寇侵犯岐头。

明朝嘉靖三十一年（1552）春三月，倭寇入岐头。掳掠捣乱，反转向太平县（今温岭）逃逸而去。

明朝嘉靖三十三年（1554），倭寇进犯黄华胡家洋，劫掠烧毁长山郑家后，至省城被歼灭。同年冬月，倭寇90人，乘茅箬船，船无舵桅，以绳索系石块探水测量瓯江水道，遇风浪，窜至磐石，磐石守卫军战士得知情报，驾轻舟追赶驱逐，磐石守卫指挥员驾舟追至黄华，在奋战中阵亡，官兵伤亡巨大。十月，倭寇侵犯黄花等地，被官兵击退。

明朝嘉靖三十七年（1558）三月，倭寇数千人，侵犯黄华海面，蒲岐百户秦煌，千户魏履谦等孤舟力战，后力竭被俘，皆骂贼不止，而被处死。

倭寇进犯黄华，有时一年打数次。而最惨烈的战斗是36勇士战倭寇。明朝嘉靖三十一年三月，倭寇犯黄华，有处州（今丽水地区）勇士36人，用铁锹冲入敌阵中奋战，因寡不敌众而退，数百倭寇从后追来，勇士退却自如，退至埭上，不料埭坍陷，全数溺没水中，被倭寇用箭射死。这还没有结束："邑人张司舆愤当地人不支持勇士抵抗，只身把手陡门，迎战尾追而来的数千倭寇，手刃倭寇数十，终因寡不敌众，牺牲于陡门上。"

面对并不强大的倭寇，我们为什么会屡战屡败呢？原来明朝开国时期士兵总数高达180万人，这样庞大的军队，最大的麻烦就是粮食，全靠老百姓供养是不可想象的。朱元璋一手草创了军户世袭制，军士编制在卫所中，平日屯田，战时保护地方。所以，朱元璋曾得意地宣称："吾养兵百万，要不费百姓一粒米。"这本来是个完美的想法，但是，朱元璋没有想到的是，未来的军官们会大肆克扣军饷。到了明朝中叶，因为不堪田产被占和军饷被扣，军士大量逃亡，部队已溃不成军，毫无战斗力可言。更加荒唐的是，在公元1555年6月7日，一股只有53人的倭寇，洗劫浙、皖、苏三省，攻略杭、严、徽、宁、太平等州县二十余处，竟然直逼留都南京城下，威胁着明朝的留都。

国家的军队尚且如此，乐清的军民不能战胜倭寇就一点都不奇怪了。虽然大都以失败告终，但还得要防御，防御的硬件措施，就是筑城墙。明朝大筑城墙，是朱元璋对今后的战略方针，征求学士朱升的意见，朱升说："高筑墙，广积粮，缓称王。"朱元璋高兴地接受了他的观点，于是在许多地方建起了高大的城墙。

要讲黄华堡的建造，那已是倭寇被戚继光消灭后一百年的事了。因为灭倭寇的最后一场战斗发生在1563年3月17日，浙江巡抚赵炳然、统都指挥晏继芳、把总胡震率三关兵船配合俞大猷、戚继光，会剿倭寇于福建流江洋面，毁寇船大小70余艘，斩首数百级，救回四方被掳子女100多人，自此倭患全部灭亡。

侵犯黄华的是刘香，又名刘香佬，广东省香港南丫岛人，为郑芝龙组"十八芝"武装海商集团成员之一。所以他是个海盗并非倭寇。崇祯五年（1632）八月，他到黄华就开始烧杀劫掠，富裕人家弃家逃命，而穷人只好听天由命。时任温州金盘备倭把总的韦古生，带兵奋勇杀寇，击退了刘香。因此被上级提升为黄华守备。为防海寇卷土重来，守将韦古生在大蛟门（今黄花码头一带）开始构筑土城墙，也就在韦古生造土城的第二年冬天，温处兵备道①许成章受调防守温州，他非常关注军事防御，在严格训练将士的同时，亲自调查海防工作。他发现黄华岐头位于柳市平原东南角，东临东海，南临瓯江，雄踞瓯江口北岸，是瓯江咽喉之处，具有重要的战略防御地位。经过一番考察后，他得出结论：温州"兵汛之防，尤重东北。东北之冲，无逾黄华"。而目前黄华

---

①兵备道：官名，明制。

仿造的黄华小蛟门石拱门　　　　　　　　孙平/摄

的设施，只是一个小土堡，难以御敌。就向上级领导打报告，要建一座大石城。

上级是浙江巡抚喻思恂，重庆荣昌人，清正廉洁，爱民如子，在任期间，曾与广东、福建合兵，剿灭了"海盗"刘香，并积极参与防倭及剿倭之战，他主动筹措和捐助俸禄，做抗倭经费。许成章的报告当即得到喻思恂的批准。据明朝周应期的《许公堡记》提供的资料表明：为使工程早日圆满完成，许成章首先捐俸一百金，引发各界人士有钱出钱，有力出力。由于他以身作则，自然得到不少当地爱心人士的援助。在领导们的精神感动下，大家团结一心，克服重重困难，只用半年时间，花了"五百多金"，一座巨大的城墙就建成了，建成的时间是明崇祯七年（1634）。但见这座城："其高之以丈计者三丈；其厚之以尺计者十尺有五，共所延裹而以里计者，回峙随山而增崇，俯溟渤以下视。其上有楼，可以眺远。其下有机，可以御敌。郡人望之。"石城设有"镇远、神秘、拱安、筹海"四城门。人们为纪念温州兵备道许成章功绩,将石城取名为"许公堡"。到了清代,黄华仍是海防要塞,称"黄华关",为温州"四海关"之一。

明清年间,黄华所有军事机构,都属磐石卫管辖。参将驻磐石,统陆兵九总,水兵两支,标营兵496名驻黄华。另黄华关驻总哨官一名,士兵420名。而早在黄华堡建成之前,即明洪武八年(1375),磐石设卫,并制造战舰,训练水师。磐石卫原额大小41只船,后改造福清生领喇叭唬等船30只,于黄华水寨听候使用。据《乐清市军事志》载,《方舆纪要》中提到水寨在磐石卫东30里处,山寨在水寨东2里处。水寨就设在黄华上岩塘头位置,山寨设在岐头山一带的山岙内,亦名黄华关。明代战船皆泊在此,有磐石卫官军防守,嘉靖三十一年改为总哨官带领民捕舵民255名、军队舵兵276名、大小战船21只,泊梁湾海洋。

而岐头山上烽火台,当地人叫它"烟墩",也是明代建的,它主要是用来发信号的。据赵伯雄的《黄华岐头山烽火台》所述资料表明,黄华烽火台为方形,外用块石垒砌,内填块石与土,底边长约6.5米、高2米。现已坍塌,遗留块石较多,仅存石碓,地面四周都是破碎的瓦片。从遗迹侧翼的平地上现存瓦砾可以推断,这里还建有兵房。这样,就使黄华城堡、山寨、水寨、烽火台形成一个作战防御系统。直到清代,"黄华寨城,分防把总一员,外委一员,额兵一百四十名,辖台二、曰岐头乡(安兵十一名),曰地团乡(安兵八名)……"

实际上,就在许公堡建成的第二年,刘香也饮弹自尽了。从此之后的三百多年里,黄华历来都驻有军队,只有零星小股海盗出没,一直不见有重大的战役。到了清代,这里便摇身一变,成了海关,驻扎起把总与营勇,稽查商舶。温州关口分设黄华关与乐清蒲岐、龙湾宁村、状元桥四大旁口。

直到日本侵略中国,才使黄华重要的战略地位再次被显露出来。

1939年4月19日下午3时，侵华日军军舰炮轰黄华，这是乐清第一次遭受日军炮击。次日，日军军机轰炸黄华长岐，这也是乐清第一次遭受日军的飞机轰炸。

到了1944年，温州遭第三次沦陷。日军把乐清当作最重要的战略区域，把司令部设在磐石。他们在乐清的兵力占整个温州的一半，其中黄华是重点占领区，日军人数达278人，占在乐清总人数的三分之一。日军这次在温州的目的，一是防止美军把中国东南沿海作为跳板，进攻日本本土；二是在温州大肆掠夺桐油、铅丝、铜、镍、粮食、布匹等战略物资，经黄华口岸，运往上海、日本等地，成为战略资源或掠夺的财富。

日军在黄华修建星罗棋布的军事设施：霸占民宅，改为军营；修堑壕，建炮位，如在黄华关炮台山、馒头山、陡门头山上修建多处隐蔽炮位和相互交织的堑壕；修滩涂登陆场；建船坞（修船的场所），在黄华浦岩门头南侧即黄华山西端尾闾处，劈山凿岩，建一座修理汽艇的船坞；挖防空洞，在黄华山北坡的山腰处，挖凿了20多个防空洞；筑公路，修建了三条公路；挖壕沟；辟操练场、堆积场、仓库；等等。

在抗日战争时期，中国海军的实力本来就与日本海军差距悬殊，经过一番较量，失去舰艇的中国海军，只得采用布雷游击战战法。为了抗击日本侵略者，国民党军队在瓯江口也布下了很多的水雷。

1954年春，为解放在陈岛、一江山等岛屿，乐清驻军突击修筑柳市至黄华公路，使大量的军需物资运往前线，支援解放军作战。自新中国成立后，国家一直没有放松对黄华作为军事前沿的重视程度。1957年国防部长彭德怀元帅亲临黄华视察。此后在岐头山有驻军、港口有边防派出所、炮台山上设民兵哨所。

如今黄华的城堡、山寨、水寨，以及烽火台早已不复存在，即使有也挡不住飞机大炮。据说，与磐石城一样，黄华城堡的石头，有些被日本人拆去修工事，有些被拆去建学校、筑道路。现在黄华村小拱门石门墙的石头，也是从黄华城堡拆来的，当年是为了防洪的。村民们说，这里曾经是码头，过去停泊着许多渔船。我仔细打量着城墙，粉红色的石头，一种温馨、慈祥、安全的感觉油然而生。站在这里可以听到巨大的海涛声，海浪翻腾，一个浪扑打着另一个浪，浪与浪是永远无法解脱的矛盾。只要人类存在，便不会停止战争。就在东海的周围，有各种颜色的眼睛在窥视着我们，他们都是别有用心、虎视眈眈、伺机攫取的侵略者。黄港港口水深8—10米，集"深水、不冻、不淤"为一体的天然良港，可建若干个万吨级以上的码头，可泊万吨级货轮，然而也可以进入万吨级的军舰艇。思想间，我突然发现，年轻的渔船变成了军舰，桅杆也变成了炮管；我仿佛看见，小拱门的每一块石头，都是炸药包，它向我们警示着，战争的导火线随时都会被某些人点燃。定神之时，我却发觉，小拱门宛如一个巨大的警钟，发出震耳欲聋的声响：我们不要忘记曾经的战争。和平是以流血与生命换来的。在和平的温室里，战争随时会在你身边爆发！

据史书上说，从前黄华有山，漫山遍野的野菊花开在深秋时节，菊花又名黄华，而由于"花"通"华"，历代衍传，后来变成了黄华镇。而黄华镇的起名，正是战事纷纭的年代，我想它不就是"战地黄华"吗？

2018年2月3日

走近洗马井

洗马古井位于浙江省乐清市黄华镇岐头三村，岐阳庙西南。岐山北麓，东北面为岐头山公园。椭圆形古井由块石垒砌，井内有石砌踏步，原井口西边铺设石板，汲水处一侧设有铁栅门，水从岩缝中涌出，水质清澈，冬暖夏凉，久旱不涸。明代当地人朱三万出资造此井，用于洗马，故名洗马井。

这是名城办提供的有关"洗马井"的信息。为什么叫"洗马井"？而且还说"用于洗马"，洗马要挖一口井，要么有许多马匹，要么这是一户性格怪癖的人家，竟然想出如此馊的主意。又说是当地人朱三万出资造此井，我便对朱三万这个人产生了兴趣。

岐头朱姓，始迁祖朱行一，原籍闽，宋建炎四年（1130）迁居岐头，后裔分布黄华上岩、下渎朱等地。三万公朱印寰，因家有三万亩田，后人尊称他为三万公。据朱氏族谱记载："朱印寰，名子绥，出生于明朝万历甲戌年（1574）。入太学，配象山郑氏。公孝慈宽厚，乐义好施。增大先业，富冠乐邑。族党覃恩，群邑推重将之部选，忽遭疾，卒于崇祯己巳年（1629）。终年五十有六，坟厝磐石支弯。合葬支弯之原，坐甲向庚，垒土而封。"

原来这个朱三万，是个大地主，家有三万亩田地，现在问题是明朝

黄华洗马井　　　　　　　　　　　　孙平/摄

的黄华，真有这样富裕的人吗？

从历史来看，黄华镇发端于南宋，沿海村落大多形成于明朝，村民主要以农业为生，种植水稻为主。沿海海涂资源丰富，主要有远洋捕捞、海涂养殖、海涂零星捕捉。从宋建炎四年到明朝万历年间的朱印寰，已将近500年的时间，人口大量繁殖，经济得到飞速发展，作为港口，更受外来文化影响。明代人周应期在《许公堡记》中称黄华："黄华一镇，尤为温郡要地，岛夷入犯，必经之道。"并说城堡建成后，使黄华"屹然称一巨镇矣"。

鸦片战争以前，温州社会主要的生产方式是与当时全国一样，是封建性、宗法性的小农生产。农村中聚族而居，以一家一主户自给自足的小农业和男耕女织的手工业紧密结合的自然经济为其特征。绝大部分土地集中在地主手中。据《温州近代史》记载，乐清徐安素："东陌南阡，罗数十里。"后裔徐枚谦有田三千亩。横带桥郑佩珊有四万亩。所以黄华作为军事港口的同时，也是一个农业发达的沿海城镇。

从商业角度来看，作为温州重要港口码头，黄华东临东海，南靠瓯江，雄踞瓯江口北岸，与温州、洞头、北麂、南麂、宁波、福建、台湾等地开通贸易，贩运咸鱼、酒、茶叶、瓷器等物资，其间自然产生了许多大商人。

此外，黄华文化渊源久远，早在明代就设有"华村书塾"，有进士两人（南宋陈梦实，明朝南昱），岐头一带历史遗存较多，在岐头村下皋山有明代进士南昱墓。南昱（1406—1449），字时方，号宜斋，系南氏十世祖，明西乡牌楼（殿后村）人。少时刻苦读书。取得进士后，被追授南京大理寺右寺丞、奉政大夫。他审理公正，在任期间判案多达18150宗。著有《老莱子孝行辨》《宜斋集》等。一个出人才的地方，必定有历史文化传承，也必然有大户人家的存在。

通过以上事实，我们就可以得出结论，朱三万拥有三万亩田是真的，挖个井专门用来洗马也有可能。但我从黄华地理及史料中推断，这种说法似乎有些牵强。因为黄华靠近海边，吃水历来非常困难，村民们一向靠饮用山井水，水质较好。洗马井位于连绵起伏的岐头山脚下，它的水自然比田里的水要好，这么好的水不让人吃，而用来洗马，实在是没有理由。再说造个井洗马，对主人的社会影响也没有好处。而且在岐头四村，还有明代的八角井，以及其他许多的小井，过去都是用来喝的。

乐清人喜欢以马取名，比如石马村、马道西村、马道头村等，马仁桥是说一位将军曾牵着一头高头大马，通过此桥，当地人便以此命名，但历史上并没有什么将军路过此桥的记载。越剧《洗马桥》的故事，发生在温州市区公安路，旧有一座石桥，叫作"洗马桥"，写温州书生刘文龙与妻子肖月英离奇曲折的爱情故事，也是见马不见将军。

其实朱三万造井是造福百姓的。朱三万看到群众饮水一直是个问题，有一天从岐山北麓路过，看到这里"水从岩缝中涌出，水质清冽，冬暖夏凉，久旱不涸"，便决定在这里挖一口井。三万公不但造井，还在岐头门前河大坦前建造八板桥（今岐头三村大坦前）。（八粒石板横铺河面）一座，两边护栏雕花，非常讲究。传说因明末乱党之争，奸人诬告他私造花桥，三万公知悉后，把护栏拆除埋在洗马井内。将泥土填塞为田，给人耕种，后人称此田为洗马田。

　　绅士们除修桥、补路、挖井外，还出重金抗敌。为了抗倭寇侵略，请来各地义士。据道光《乐清县志》记载，明朝嘉靖三十一年春三月，有丽水勇士36人，杀死上百倭寇后，突然天下大雨，淋湿了身上的纸铠甲，失去了防身装备。而倭寇越来越多，寡不敌众，勇士们体力不支，又不熟悉田路不善水，掉在水塘中，被倭寇用弓箭射死。黄华人张司舆，生有膂力，善使稍（古兵器名，即长矛）。见到勇士们的壮举，深受感染，独身上陡门，杀贼数十人后，被众多的倭寇团团围住杀死，时年三十五岁。综上所述，朱三万在人民群众中是个好"老板"，

洗马井与黄华岐头三村　　　　　　　孙平/摄

也印证了本地人对他的评价："公孝慈宽厚，乐义好施。增大先业，富冠乐邑。"

据说洗马井在解放前已经被封死了。因为人口增多，黄华岐头三村、四村只有大井一口，不够饮用。村民朱碎郎等老人带头出资，带领乡民，重挖洗马井，加深加大洗马井。20世纪90年代初，因农田灌水，水道漏水，污水漏进水井，南光育等老人进行小修。后来，随着农村经济的发展、企业的增加，外来务工人员也日益增多，他们常在井里游泳、涤洗而使井水发臭、污泥齐膝、乱草滋生。2003年12月，岐头三村村民郑鹏飞夫妇出资，"老人协会"何献松带头，迎着天寒地冻，起早摸黑，抽干洗马井污水，加高井壁至2.5米。这次整修历时16天，通过整修后，洗马井水清澈、甘甜可口。日夜有人运水、涤洗，人来人往，最多时一天在井外聚集有20多人。到黄华三村现场看洗马井时，我问了一些本地人，他们都不知道叫洗马井，只是有一个七十多岁的老人对我说，她只晓得一个叫"死马井"的，其实就是它了，温州口音"洗马"与"死马"是一样的。

一位村民对我说，这个井水现在没有人吃，都是外地农民工来这里洗衣服什么的。洗马井至大路约40米，山坎路用水泥铺成，井口一边有一对铁门锁住，可能是为了安全和卫生。井口另一边铺设水泥板，让人用桶吊水；井外水泥板约30平方米，架设水泥多孔板二粒，是供老人涤洗的。我走近洗马井，看到在圆形井的墙壁上写着"洗马古井"四个篆体大字。井里都是黄色的藻类植物，水质非常混浊，看上去已经不能饮用了，也没有人在此洗涤，农民们只顾插秧，而我只听见一只井中的青蛙在吼叫着自己深深的孤独。

在这个溪水横流、自来水喷涌的年代里，水井已渐渐地淡出人们的视野。然而从井水中的石埠里，我想到了黄华的埠头，一个关乎温州经济发展的窗口。

　　自清康熙二十四年（1685）以后，随着海盗的消亡，明朝至清初一直执行的"海禁政策"获得解除，海上贸易往来开始复苏。为加强海上管理，明时城堡清时关，万里海疆已平患。地处前沿的黄华堡开始从一座城堡变身为一道关口，驻扎起把总与营勇，稽查商舶。鸦片战争后的光绪三年，温州关口黄华成为温州四个分海关之一。温州关口又在永嘉县的宁村（今瓯海县）、状元桥（今属龙湾区）、蒲岐、黄华关四地，分设四大旁口。被记入《清史稿·地理志》"黄华有关，迫临海口，为第一门户"。黄华港口与新加坡、日本、中国台湾、中国香港等多个国家和地区通商，与厦门、南京、青岛等主要港口通商。其中上岩商行在温州享有盛名，上岩埠几乎成为温州地区的中转埠。

　　黄华港口为水深8—10米，集"深水、不冻、不淤"为一体的天然良港，可建若干个万吨级以上的码头，可泊万吨级货轮。革命先驱孙中山先生在《建国方略》中提出：七里为中心的沿江一带是"东方天然良港"。历史早就启示我们，黄华作为天然港口，应当发挥更大的作用，只有这样，才会出现更多的为民修桥、补路、挖井的"朱三万"。从这个意义上说，"洗马井"是一面见证黄华历史上曾经辉煌的明镜，一颗镶嵌在乐清大地上的耀眼明珠！

2016年8月8日

走过象浦岭

一

据《乐清县志》记载："唐开元间（713—741），本县已有驿道由县城西越山谷入密溪（川）过白石至象浦（又叫上铺）。"驿道已经是一个过去式的名称，是中国古代陆地交通主通道，同时也属于重要的军事设施之一，主要用于转输军用粮草物资、传递军令军情。而今，县西至白石的古道已被改造得荡然无存，所剩的只有这道岭了。从乐成到象浦岭，再由象浦到琯头，象浦岭是一个转折点，那么，在这条古道上，又会唤起我们哪些记忆呢？

到了大峉问路，原来遇到外地人，他自然不知道什么叫象浦岭。问几个在一起说话的，他们只知道有一条老路。他们惊讶地问我："山上一个人都没有，你去干什么？"我说爬山，他们好像勉强同意似的。

在山脚下，登上浦岭的起步路线，被一个荒废的山园阻挡着。绕过山园，便见象浦岭。岭高四五百米，林木茂密，都是绿色。

既然是岭，自然就要登攀。

岭道是用石块砌成的，路宽一米，有些地方也有一米五左右，有宽有窄，窄的地方刚好是脚的长度。中间两块略大一些，两边的都是小石块，既节约又美观。经过岁月的反复演变，整个的石阶都已经下斜，倒是轻松了上山的步履。

路右边有溪，溪是水下山的路，可惜溪水很小，故少了水的声音。

由于"大跃进"大炼钢铁而砍伐树木，山上没有大树，没有大树的山就显得小气了。路上杂草丛生，蚂蚁们漫不经心地从我前面爬过，虫鸣、鸟语使周围更加凄清，唯有纽扣般大的"红刺帽"（野草莓），给整座山燃烧了一点希望。岭基本上以35度的斜坡向上伸去。由于山水的冲刷，使陡坡的石头路像隆起的田埂。

由于忘了换下皮鞋，没爬几步，汗水便湿透了上衣。

杂草从石头缝里挤出，是弱小的草对生命的渴望。孤独却又饱含温情。路上大大小小石块摆成的石路，如一幅行书长卷，书写着千年沧桑的历史。

二

乐清至白石更有着非常重要的军事意义，这是另一条行军古道。因为从白石镇北上，越下马岭，过滴水洞、赤水洋，向北跨桐岭和永嘉山区，可达缙云、仙居至金华、诸暨等地。明清时温州官路由衢州、龙游越过侵云岭至遂昌松阳，下瓯江经丽水至温州。北宋的方腊起义军，明代的戚继光抗倭军，清代的太平天国军，浙南人民游击队，都从此经过。

1417年，倭寇企图抢夺财物，久攻磐石卫不下，便在船上悬挂灯笼，麻痹的官兵就不当一回事，以为倭寇们还在船上休息。而倭寇已悄悄地偷袭乐清县城，而城中无任何防备，官兵溃败，老百姓惨遭抢劫、屠杀。慌忙中富人们携带家眷和贵重财物，往城北山上逃跑，逃进一山坑的洞中，倭寇沿路追来，怒火冲天，不仅抢光财物，还把五六百人全数杀光。这个事件震惊朝廷，皇帝以失职之罪，诛杀指挥官千户、百户等

象浦岭 　　　　　　　　孙平/摄

30余名。朝廷文书从温州到磐石卫，经过象浦岭下白石，转送到乐清。

鲁迅先生说过："其实地上本没有路，走的人多了，也便成了路。"要说进入乐清的要道，在唐以前就已形成了。公元423年，谢灵运从温州经磐石到白石，本来他借视察工作机会，顺便想看看白石的风景，可没想到，此地受灾这么严重，作为地方父母官，决心要兴修水利，给当地人民一个满意的回答，终于写下长诗《白石岩下径行田》。

从白石经过山弄到乐清是一条极其隐蔽的行军路线。1944年9月9日，日军在磐石重石的司令部里，召开进攻乐清的计划部署分工会议，准备占领乐清城，掠夺军事物资与生活物资。进城这一天，兵分三路。一路从磐石到白石上山，悄悄分插到县城的背后，再分成两支。一支从西象山下来，一支从凤凰山下来。另一路由海上至三眼斗门（今慎海乡）一带登陆，绕至东塔山后埋伏。再一路从内河乘汽船直抵县城南门，完成了对县城的四面包围。

三

路也是统治者意志的见证：对侵略者的逃避，人民群众遭受压迫。1941年4月1日，日军攻入温州，温州第一次沦陷。4月25日，在乐清的国民党33师1团暨25军迫击炮队奉命向永嘉垟湾转移，运输军需辎重。于是动员民夫1168名，同日由黄塘运输军米至乐成，及挑子弹由白石至垟湾，民夫168名（柳市未统计）；27日，由白石至垟湾挑运炮，动员民夫129名；4月30日至5月3日，由白石至永嘉漫温溪动员民夫计545名。几千人在乐清通往湖上岙、潘家垟，经十字岭、过东浃、大岙，然后翻越象浦岭到永嘉垟湾。一路上浩浩荡荡，来回折腾，挑夫们一边在为家人安危担心，一边又要忍受长途跋涉之苦。

路是受刑者的鞭痕。在这条路上发生了受侵害者的杀戮和屈辱的故事，也演绎着人民抗击侵略者的事迹。嘉靖三十七年（1558）四月十七日，倭寇杀掠白石达七日之久。白石钱雁女，只有18岁，为救护乡亲，引开贼寇，跳崖身亡。钱泳女为搭救双亲，投合湖而死。旧志世称烈女，并建坊旌表。

路是大地的脊梁。在远古时代，乐清地处沿海偏隅，交通极为不便，故历代甚少有兵燹之灾。因此，这条古道自然肩负起交通要道的作用。历代凡官员下乡考察、学子考取功名、商贾采购销货、当地农民有劳作等，他们或为生计、或为逃荒、或为功名奔走、或走亲访友……来也匆匆，去也匆匆，都在这条路上穿梭着。被宋宁宗敕封"横塘福佑将军"的南氏五世祖南增顺、南敬顺是两兄弟，目睹蒙古人统治的"天下骚动，仕途多险"，仿效始祖辞官啸吟山水间，死后葬在白石镇小田岙山。每年三月初十左右，南氏子孙备办丰盛祭品，船载肩挑，水程山路，相距墓地三十余里，从东海之滨经磐石琯头，过象浦岭，到白石。

一路上，锣鼓喧天、鞭炮齐鸣，祭坟典礼隆重，轰动乡野。三月正值清明春耕之际，又是上坟祭先时刻。村民便不失这个商机，各自拿出农副产品、农耕用具及手工业产品进行交易。同时这里又是著名的旅游风景区，年复一年，规模不断增大，各地手工业者闻名而来，周边乡镇几乎全家出动，甚至邻县也跋山涉水地赶来。赶集的、探亲访友的、踏青游玩的，人山人海，好不热闹，逐渐形成今天的"三月初十"大会市。

四

对于攀登的人，最希望的是山顶，还有山下的风景，因为那边是一个新的希望。当我回过头来时，眼前正是白石水库，一潭绿水，惊得我喜出望外。前面就是岭顶了，这里有小佛殿、有许多破旧不堪的房屋，屋内外杂草丛生。路边有厕所，还有许多酒瓶，说明这里还开过小酒店。想象从前这里一定热闹非凡，过路人都要在这里歇息。孟浩然与张子容是"生死之交"，开元十三年（725），岁次乙丑，孟浩然正三十七岁，他与张子容分别已十三年了，便想见这位老朋友。当张子容得知孟浩然来访，就赶往上浦馆去迎候他，两大诗人就在这里相会。有《永嘉上浦馆逢张八子容》为证：

> 逆旅相逢处，江村日暮时。
>
> 众山遥对酒，孤屿共题诗。
>
> 廨宇邻蛟室，人烟接岛夷。
>
> 乡园万余里，失路一相悲。

诗的首联两句，是两人会晤的时间——当天日暮之时；地点——江村（上浦馆）逆旅之中。两人在连绵群山的旅舍里，对酒叙旧。孟浩然为自己才华正茂的同窗好友，被谪迁至远离故乡的"岛夷"之地的乐成（晋朝时设乐成县，五代时改为乐清县），深表同情和惋叹。

象浦岭废弃的建筑　　　孙平/摄

近两个小时的攀登，一路上没有碰见一个人，使我不免觉得有些凄凉，这座山与这条路是否已没有用了呢？一路上，时而能看到有十来条小水管从路上穿过。原来山上有个水潭，引水供应村里的生活用水，难怪溪水会这么少。

从唐朝走到今天，从赤脚到皮鞋摩擦，当石头遇见不能容忍的硬度，就会磨去了棱角，变得圆滑不已，道路便进入孤独的晚期。下岭是下垂的石阶，在树叶的纵容下，很容易引诱我摔倒，还好我有登山的经验，太极拳的功底。在返回到山脚时，我在转身间，看见这座山在紧追我而来，仿佛还有许多话要对我诉说，令我不知所措。而留在我心中的是古道，它被深深地埋在树林中，是那样的神秘。每块安插在泥土里的石块，始终服从石匠的精心安排，忠于自己的职守，一守就是一千多年。

路是不会消失的，消失的是人们无休止的欲望，代代传承的记忆。

（本文参考了邱星伟的《重走象浦古驿道》一文）

2013年10月23日

盐晒白了，人晒黑了

濒临东海的乐清，古时，制盐成为居民们的主要收入。明永乐《乐清县志》说："乐清昔为文雅之邦，傍山沿海，土瘠民贫，虽竭力稼穑，仅支一岁之食。……濒临之家，多借鱼盐之利。"据《乐清县盐业志》，唐宋以来，乐清盐业的生产规模、产量一直居浙南之首。

一

宋咸平三年（1000）乐邑境内设有天富北监（今玉环城乡，属乐清管辖）。到宋政和元年（1111），又置乐清盐场，场署设县城东塔山下。南宋时期，因海涨淹没，乐清场迁于现在柳市镇长林西村大桥北岸的石柱门，并改名为长林场。到明洪武年间，长林场署又从长林村迁到了翁垟塔山寺后。

民国十七年（1928），长林场辖有沙埭头、地团叶、白溪等7个产盐区，清丈盐坦占地总面积3277.33亩，年产量约10万担。民国二十五年（1936），长林场上缴盐税49万银圆，相当于当年乐清全县财政总收入的2.66倍。

最初制盐是将卤放在铁锅里用柴火煎熬成盐，称为煎盐；后来是在盐坦上晒盐。对于盐民来说，无论是煮盐还是晒盐，都非常辛苦。煎盐

八百年树龄的大榕树　　　　　孙平/摄

时，火熏盐蒸，两髀生蛆，暑气逼人；制卤时，顶烈日冒严寒，餐风饮露，早出晚归。煎盐成本高又损害制盐操作手的身体健康，盐民经常由于熬煎盐时，有毒气体伤及眼睛，年轻时两眼就瞎了。因此为了提高制盐的质量与速度，人们一直在寻找最好的办法。据说盆盛海水暴晒成盐，故村名为盐盆村。也是盐盆人发明以罐晒盐的。可晒盐的场景是：盐与人一起晒，盐晒白了，人却晒黑了；海水晒干了，人也被晒干了。

　　制盐的苦，担盐的也苦。明代，本地曾流传一首叫《盐夫叹》的民谣："盐夫挑盐憩河流，口燥唇焦诉辛苦。今春苦被雨连绵，淡却灰池亦成卤。积薪湮去灶将倾，额盐无办田无耕。不独家贫妻子怨，又兼部牒来催征。"乐清盐民有一句一直流传的口头语，"担盐到缙云，一日一日银"。解放前，丽水缙云、盘安等山区盐非常稀少而金贵。民国二十六年（1937），乐清一担（100市斤）盐值一块银圆，由五六个人组成担班，途经永嘉桥头上山，翻山越岭，几乎要花八九天时间才到达缙云，可见路途的艰辛。

二

　　乐清谚语说："尝尽滋味盐好，走遍天下娘好"，"吃过螃蟹，就百样无味；卖过私盐，就百行无利"。古语说"天下之赋，盐利居半"，盐税是历代政府的重要财源，是国家的"专卖商品"和"特种行业"。

　　既然盐是无本万利之物，盐税就会成为敛取民财的主要手段。沉重盐税的征收，使盐民流无数汗水晒成的千斤盐只能买回一担谷（80市斤），这就是"千盐石谷"的古话，加之食盐由官府专营，季季催课，层层盘剥，盐民苦不堪言。

　　为防止盐民偷私盐，政府对盐政、盐税管理极严，刑罚峻酷，刑律有罚金、杖刑、拘役、流放、绞斩等。盐政机关既管业务，又理司法。县内各产盐区有盐捕、场警等，进行驻防，巡缉私船私销，解放前乐清有盐警272人。盐场场长编制与

盐官井遗址　　　孙平/摄

县长同级别，而且属于中央财政部与省府直管。畸形的制度产生畸形的盐官盐兵，牛气冲天，目中无人。"警察碰盐兵，事情讲不清"是乐清人的俚语，警察就怕盐兵。

民间传闻，民国年间，曾有盐兵与朋友打麻将，突然来了几个抓赌的警察，盐兵当场打了带班的警长一耳光，然后掷给他们三块银圆，警察们就只好灰溜溜地走了。而部队也怕盐兵，曾有担私盐的盐民被盐兵抓住，这个盐民是柳市民团头子郑辉的远房亲戚，郑辉独霸柳市，不让盐兵抓人，双方发生冲突，驻在翁垟的盐官接到报告后，集合全县盐兵，准备炮轰郑辉的民团碉堡，吓得郑辉拼命求县长帮助言和，结果赔了不少银圆才了事。

三

而盐官对盐民的剥削程度，民国本地乡绅仇约三在《生计和教育》中就有详细的描写：

那进廒盐价，不是盐民所得过问，是要由场长遵照廒商吩咐牌示定的。等待进廒以后，那盐钱还要拖欠两三个月，或被经手的牙户吞蚀下去。还有廒商收买一担盐，一定要打八折九折！还要每称零尾斤数，若是未到五斤，概略不算！还有廒商收盐所用的竹箩，明明只有三斤多重，算起账来，准作十斤扣除！这么一来，例如盐民有盐十五斤，连箩一称，总共十八斤多点；到了算账结果，除箩十斤，除去八斤里头的零尾三斤，再打一个八折，那千真万确的十五斤，只有四斤了！倘若盐民仅仅有盐十斤，那便等于零还不够。

同时，盐官们常常毒打盐民和向盐民敲诈勒索，甚至还随意杀人，弄得盐民苦不堪言、怨声载道。从民国元年以来，乐清盐民无故受盐兵盐警凶殴或追逐掉河、送掉性命的，计东乡19人、西乡12人。

有压迫，就有反抗。历代盐民常常兴起反抗盐法盐税，反对官收官卖（俗称偷私盐）的斗争，从未中断过。早在南宋嘉定二年（1209），就有私盐贩聚众500人，"张旗罗器"，反抗宋王朝的经济政策。1926年春，共产党员林去病到长林盐场接任盐厂司秤员后，坚决维护盐民的利益，逐步革除一些不合理的规章陋习，如官商在收购时不得无故扣除盐民的原盐斤两或任意降低原盐的等级、压低价格等，得到了广大盐民的欢迎与拥护。

四

乐清盐场迁到长林之后，至明代的二百多年时间里，盐库进出繁忙，地方繁华，当时有"长林场通京"之说，盐官与盐民们在长林建业经商，造就了桥头半爿街商业区。民国时期，这里有15家商行，洞头、霓屿、玉环等地顾客纷至沓来，可谓是车水马龙，人声鼎沸。

但盐场的总部在这里，生活用水却成问题，因为河浃通海，水是咸的，必须打井。由于长林离山较远，井水混浊。直到明代，长林西村的一块田里泉水涌出，水质清澈，大旱时节也不停，于是官方便在这里打井，专供官员与家属使用，因此人们便叫它"盐官井"，如今位于村民倪振锋的家后院，圆形井壁，块石垒砌而成，井圈花岗石材质，井深约3米、宽0.8米、长1.2米，由于是井水，每天出水量有限。

据75岁的村民代表倪尧治介绍，盐官井所在的倪家曾是大户人家，其上辈倪伯涛是国民党乐清政府要员。他的兄弟叫倪光，善书法，编过报纸，与地方名人郑空性是连襟。郑空性曾任教上海教育大学社会学系，与周恩来、陈冲、陈果夫等有往来。盐官井的边上摆放着一个古石盂，是倪家的妇女们洗东西用的，与古井非常匹配。倪先生说，它与这座房子一样，已有一百多年的历史。

倪宅朝南，前后都是院落，前门上有"潜庐"二字。出门就是河，河浃两岸都是树，有樟树、桉树等，其中有一棵大榕树，有七八百年了。据说从前插田时节，树花香满田园，非常富有诗意。长林一村，倪氏始祖倪涛是北宋大观年间进士，永嘉人，祖籍婺州，宣和年间挂冠归田，遁迹海滨，见这里树木成林，"爱卜居之，遂名长林"。

长林倪宅"潜庐"居　孙平/摄

如今盐业不再是乐清的支柱产业，但盐官井还存在着，它犹如一枚古老的印章，见证了乐清盐业的兴衰，它也好像一面镜子，映照出旧时代人的等级、地位和嘴脸。

2016年

北白象塔猜想

　　我关注北白象塔是它在《乐清日报》刊登之后，但已是十来年前的事了。每次到北白象，我都会去看一看它。前些年，我所见到的北白象塔，是被杂乱的房屋包围着。高贵与平庸在一起，总有一种金笔插在破口袋的感觉。据说北白象塔的台基和塔基为宋代遗物，塔身为明初建筑，整体风格为明代早期建筑。由于年久失修，底部须弥基座已经松动，塔基部分中空，塔势往东北方向倾斜，塔檐断裂，塔身风化毁损严重。一些塔石脱落、坍塌现象较为严重，又受人为破坏，看上去已是岌岌可危。但在我的眼里，它却像老知识分子，虽然掉了牙、走起路来一瘸一拐的，但依然富有涵养，古朴典雅，雄伟挺拔，坚定自信，让人肃然起敬。

　　永乐《乐清县志》载：白塔山"去县西四十里，在茗屿乡。有小寺，名'白塔'，因以名山，形若象鼻，亦名象山"。北宋仁宗天圣九年（1031），本地人陈姓舍地在樟湾村的象山上建白象寺，同时建白塔。在北白象，陈姓是第二大姓。最早迁于此地鹤浃村陈姓，始祖是元代陈幼吾。建塔又建寺，在近一千年前，也是件不容易的事，得举一大姓之财力。北白象塔为楼阁式青石结构，平面呈六角形，五层，高14米，内部是筒状，自下而上逐层收分，整体逐层缩小成锥形。清道光丙戌年（1826）改塔名"白塔"为"白象塔"。塔是随着佛教传入我国的，楼阁式塔的建筑形式来源于中国传统建筑中的楼阁，所谓楼阁式塔则模仿楼阁的造型，将塔建成多层楼阁，是中国塔的发展主流，多见于长江以南的广大地区。

关于白象塔的来历，传说为江西人何文渊任温州知府时所建，用意在破坏风水。何文渊出生于1385年，卒于1457年，这与有记载的建塔时间相差三百多年，因此与何家并没

北白象塔　　　孙平/摄

什么关系。再说修桥补路，乐清人历来都会慷慨解囊。但也喜欢留名，出个三百五百、一千三千的，都喜欢立个石碑，刻个名字在上面，自然就会有了文字流传。如果自己花那么多钱，建院又立塔的，又是个当官的，他自己不愿记载，手下人都不会同意的。其实温州民间到处流传着"何文渊害人"的传言，说他一方面"清名彰彰"，另一方面又"劣迹斑斑"。既然如此，把这等人抬上去，也没有什么意义。

另外关于建北白象塔的起因，民间流传着好几个故事版本，但都大同小异。传说白象山原系活象，南北山麓，各有水井一口为目。常伸鼻至河中吸水，将成精，故建塔镇之，塔成，象致命伤，有赤水自大桥下

喷出，至今遇大旱时，大桥下一孔，尚溢赤水。

然而，以上民间传说与象的本来寓意却截然相反。我国自古以来就有在建筑物前摆放、雕刻各种瑞兽，以化煞避凶、趋吉纳祥的习俗。其中，大象尤为大家所喜爱。大象被视作吉祥、力量的象征，也被人们称为兽中之德者。在中国传统文化里，"象"与"祥"字谐音，故象被赋予了更多吉祥的寓意，如以象驮宝瓶（平）为"太平有象"；以童骑（吉）象为"吉祥"；以象驮如意或象鼻卷如意为"吉祥如意"和"出将入相"。把好象就坏象，可能是民间有人刻意诠释，那么北白象塔建立的真正缘由是什么呢？

2016年9月的一天，我再次去看北白象塔，是在北白象大桥西边。见一小塔，以为看错了，这么小，与我先前见过的塔似乎相差太大了，这是新建的塔。基于北白象塔危险程度，社会有识之士与周边村民呼吁声很高。为了安全起见，2012年，北白象塔重建工程启动。采用原拆原建方式，拆掉周边的几座房屋，比以前宽敞了一些。施工人员开始对古塔进行落架，从塔顶开始将一块块青石拆下来，逐一对塔体800多块青石进行编号，进行妥善保管，对于落架时存在裂痕的青石，使用环氧树脂进行修补。耗时半年多时间，至2013年底，北白象塔主体工程基本完成。我仔细打量着这座塔：塔好像已没了从前的雄伟挺拔，也少了庄严古朴。塔底保持着原貌，塔的六角用浮雕力士代替角柱，力士或跪或坐，足踏下枋，头顶上枋，双手或上举或撑膝。从体态到裸露肌肉到面部表情，无不显现负重神态。塔的中间供奉佛像，底部雕刻着狮子、双狮戏球、牡丹、菊花、宝相花、如意菱花等图案，象征着力与美。

为了拍照，我得寻找最好的角度，我登上了白象寺的楼。

据说北白象寺于治平四年（1067），竟然得到皇帝的赐匾额。后因台风毁坏，于明洪武六年（1373）僧道成重修。洪武二十年（1387），殿宇遭台风倾圮。洪武二十八年（1395），僧道成复建佛殿钟楼。至清末改名为"白象寺"。又经多次翻修，到民国二十二年（1933）寺住持初来禅师发起信徒重修，增加寺院规模，历经三年努力终于完成。有大殿、三圣阁、金刚殿等四进，为乐清西乡大寺之一，有僧五人，田40余亩，寺产富裕。从前来往官员下乡到北白象办事，大都寓于此。1949年7月，"白象镇民主政府"暂驻寺内，1950年白象镇粮管所借用为储粮仓库，僧众他迁，寺宇被拆。经过多次申诉，1996年1月19日，温州中级人民法院判决归还，在旧寺原址基上复建，历经三年辛勤，楼下可容纳千人用斋，占地面积2700平方米。2001年又建山门天王殿。现寺内留有明代进士张德明碑记一方。殿堂内华丽端庄，特别吸引我的，是墙壁上的浮雕，它叙说佛家经典故事。自东汉至隋代，佛寺建筑以塔为主，塔建于殿前的制度相沿未改。自唐代起，佛寺布局开始以殿堂为主体，而在寺后或寺旁建塔，北白象塔在白象寺后面的偏东方向。

　　站在白塔寺的楼上，向东望去，塔正对中白象河，也没有发现舍利

白象米塑　　　　　　　　　　　孙平/摄

子什么的，再说复建过程中，符合风水塔特征，猜想北白象塔必定是风水塔无疑。风水塔一般修在水口，作为一邑一郡一乡之华表。凡是有风水意义的塔，诸如镇山、镇水、镇邪、点缀河山、显示教化等，都称之为风水塔。"托塔天王"李靖，他的法器是玲珑宝塔，用于降魔伏妖。小说《林海雪原》中有一句家喻户晓的黑话："宝塔镇河妖。"北白象塔的东面是老街与河流，是漳川与蟾河、仁川的相接口，也是五条河流的汇集之处，有"五龙抢珠"之称。在明代，白塔头已有零星村店，后来以大桥为中心，在桥东开辟小市场，供村民交易货物。据光绪《乐清县志》载，早在宋代，白象属乐清县茗屿乡十一都一图，已有塘下、马路角、白象、大港等10个村。并建有桥梁19座，如白塔桥建于宋庆历五年（1045），可见当时的繁华程度。北白象面向瓯江，北靠茗山。上天在给这里的人民带来雨露滋润的同时，也造成经常性的水、旱灾害。在大饥荒的岁月里，人民流亡，饿死甚多，人们认为这是因为河妖在作怪。为了乞求平安，这里的人们于唐龙纪元年（889）建成白象寺，后又建大寺院3座。见证了经济发展的程度，也突出表现了北白象人民期盼平安生活的愿望。北白象塔犹如一枚巨大的定河神针，避免了水患的产生，使北白象成为乐清的工商重镇。同时，它也振兴了官运文脉，人们把塔比作一支巨笔，似乎要在天上书写着什么。也许是正因为有了这个塔，才出现像高友玑、张淮南、高宗武等名流。再说河流多，船只也多，外地船只到此，塔也起到航标的作用。

在老百姓眼里，塔能给人们带来幸福，但在文人那里却是抒发思想感情的对象。一天，清代乐清廪生翁效登上北白象山，朝南边望去，便是瓯江口，江天一色，船舟穿梭，白帆点点；向东望去，河网交织，人家千户，雾雨蒙蒙；白象桥上，摩肩接踵，交易繁忙；白寺院内，香烟缭绕，钟声悠扬，便当即赋诗一首，即《登白塔最高层》：

> 白塔最高顶，人临七级巅。
>
> 江河坼大地，瓯闽列风烟。
>
> 象摄真空界，心依上乘禅。
>
> 南村一片雨，脚底净尘缘。

但到了造反派那里，塔毅然成了封建迷信的产物。"文革""破四旧"时，五六十个造反派用麻绳将塔腰系住，想拉倒北白象塔，摆弄了大半天，塔却岿然不动，后来成为人们的笑话。

党的十一届三中全会以后，北白象以低压电器为主的工业得到飞快发展，与传统的商业一起，成为工商重镇。外出经商的人越来越多，所以塔也成为人们寄托相思之情的物象。素有"乐清邓丽君"之称的白象人虞丽君，既是词曲作者，又是演唱者，在她的省级获奖作品《白象塔下的思念》中写道："青春的果子转到哎秋天就熟了，弯弯的月光啊上山就想念你呗，远方的阿哥你变黑了吗？妹想念你啊，在高高的白象塔下，我日夜想你。"

再望北白象，使我得出这样的结论：人们有钱了，就会想建塔；贫穷了，塔就被冷落了；当大家富裕了，又重视塔了。如果基本生活都得不到保障，谁还有兴趣去看塔？因此，塔的盛衰折射出人民的生存状态。

北白象塔是一座佛塔，是乐清市著名的宝塔之一，是乐清古老文化的活化石，只因为有了它，可以让我们更好地认识老祖宗，为乐清能有这样的宝贝而骄傲与自豪。而对它的保护结果，所体现的正是我们实际的文明程度。

2016年9月16日

129

遥远的官山古城

　　乐清西乡湖横官山有一个建筑遗址，其用途一直是个谜，当地村民众说纷纭：有说是防盗山寨；有说是报警烽火台；也有说是驿道城堡的……带着好奇，在一个好天气的双休日，我和赵乐强先生等到官山探胜迹。

　　官山在乐清西乡湖横乡，后来乡撤销。登官山一般从马鞍山上，一路上有众多的亭。亭是歇脚的场所，也是观赏风景的好地方。首先映入眼帘的是"养源亭"。当你觉得有些口渴时，一个"担柴渴"立即在你眼前出现，这里的泉水常年流淌不止，村民上山时，都会在这里喝水，便起了个这样的名字。接着是"凝翠亭"，对联有："林光如泼衣犹绿，瀑色遥分梦自清。"由诗人陈天木撰写，明之先生手书。亭子自北向东望去，一面巨大的屏障岩展现在眼前，这就是马鞍山。再上去就是山顶了，有"观海亭"，转头间，便会看见瓯江，看见东海。"银涛卷月泉声静，霞影横空海日生。"由诗人黄有韬撰联，书画家倪亚云先生书写。若在春天的早晨里，向南望去，整个柳市平原都笼罩在雾的海洋里，活像一个雾都，高楼大厦鳞次栉比，穿梭如织的河网如飘舞的彩带，令人眼花缭乱。若在秋高气爽的季节里，瓯江与东海仿佛就在眼前，波浪翻滚，一望无际，让人心旷神怡，宠辱皆忘。站在马鞍山顶眺望东西北方向，奇峰耸立，层峦叠嶂，起伏连绵，本地人称之为湖横后山。众多的小山被云雾缠绕着，宛如少女的脖上缠绕着洁白的围巾。

到城堡要往东面的山峰走。初春时节，草木还未长出新绿，但这里却是金黄一片，金黄色的茅草干像熟了的麦子，在起伏的山上爬行，像晚霞，像大海的波涛，又像凡·高笔下常用的油画色彩。此地已没有爬石阶的那种辛苦。远远望去，整个山顶非常平坦，远山与近山叠嶂，层次格外分明，把我们带进国画的世界之中。再往前行，只见

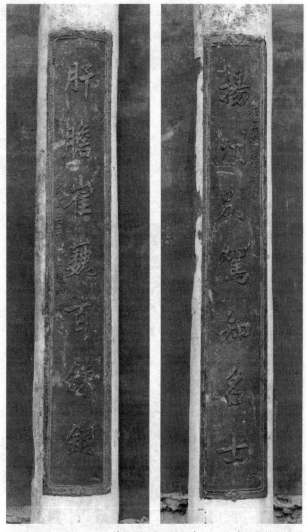

诗人王十朋题诗　　陈尚云/摄

一条约1米宽的古道穿过丛林，令人诗意顿发。可惜没走多远，一段石路却被重修成了水泥路。可惜了，让好事变成了坏事，路虽然平坦了，却被抹去了许多想象。

湖横官山最高处海拔451米，俗称马鞍山。山顶上是一块平地，有山园，凹处有村庄，其一名叫官山。往东走便是风景秀丽的盖竹杨八洞

景区。宋人邱天佑有诗云："宝光长耀山中月，仙迹深藏洞里天。童汲水烹茶与酒，客和云坐石为船。何时了却尘凡事，来采灵芝伴鹿眠。"

　　弯过一个山坳，就可以看到山寨的门与城墙。山寨朝南，现在还保存着寨门，寨门高低不等，最高处约3米，最低处约1米，左侧仅留下几块基石。寨门宽约1米。石头发黑，像煤炭一样黑。寨墙长约百米。走进寨内，里面是2000平方米的平地，但已草木横生，寨内有一岩石约200平方米。岩石上有许多大大小小的孔，深度为10—20厘米，有方有圆，直径为10—30厘米，可能是用来建房子的。

落红不是无情物　黄贤铭/摄

　　这个遗迹到底是什么呢？它不像是驿道城堡，驿道铺舍多建于平原地区，便于旅行。一般来说，驿丞、驿吏、轿夫、役夫加起来也不过20多人，建这么大的一座城堡，岂不是浪费？它也不像烽火台，乐清烽火台一般都建在海边的山顶，视野辽阔，地势险要。但它却不在马鞍山之巅，也不直面乐清湾和县城，而是在山坳里，倘若夜里点火，海上渔舟和县衙官吏是看不见的。再者，烽火台住的官兵人数有限，不需要那么长的城墙。此外，烽火台也不需要城墙。所以，无论从地理位置还是建筑规模都不像驿道城堡或烽火台遗址。

诗人赵乐强先生是本地人，他曾写过《官山古寨》："巨岩垒石立兵关，劫火焚灰去不还。屏息听天有语，新颜总属我家山。"他认为，这里是一座寨城，为防止劫盗，垒石筑城，以保一方平安。我也有同感。

据史载，晋代时，湖横还是一片汪洋，明永乐戊戌（1418）《乐清县志》称为"湖潢"，系古时此地多河流、湖泊、池沼而得名。后因地貌变迁，湖池渐涸，湖潢已名不副实，仅有一条宽阔的湖，横亘于前，遂改称"湖横"。当时，柳市还是一个人烟稀少的小村；大多人居住在山丘上。人们从乐城到柳市要先从白石转白象，再辗转柳市。大多数人从乐城到白石经过古驿道，乐清县城西经湖上岙、潘家垟、步母、山弄、十字岭、密溪岙、东浃、岐元、大岙，然后翻越象浦岭至永嘉乌牛边境，沿象浦水道过瓯江抵温州，全程约50公里。宋绍兴二年（1132），刘默到乐清任县令，并刘公塘筑成，水陆通衢，县治和县城间依山而行的古驿道渐渐被取代。

一千多年前，乐清又是另一番景象，历史把我们的

官山古城遗址　　　　　　孙平/摄

高度提高了四五百米。

据当地村民介绍：以前就建有"古城"俗称"双龙寨"，与北面的岩前双虎寨，形成犄角之势。东面仅两里之遥有古城遗迹，本地人称为"张宅城底"。由湖横张宅沿山路北上到山顶，古代筑有城防，至今尚有遗迹可辨。再往前望，也仅数里之遥的虎门坳，也建有城防，至今还有遗迹；虎门坳山顶，古代筑有烽火台，今仍有遗迹残留。北面有一个叫"神宕岩"的山岗，三面悬崖峭壁，下临万丈深渊，唯有南方一门可入，乃"一夫当关，万夫莫开"之地。山岗上有一平地，当地人称为"点将台"，是官员点兵派将之台。悬崖下有一个"老虎洞"，据说从前曾居住过一对老虎，老虎经常下山，经过的桥，本地从前有一个村叫"虎头村"，可见真有老虎出没。东面高山顶上，有一片平屯，据说是当年兵勇跑马练武的操场，人们叫它"跑马坪"。那时兵勇还在山上修筑了几处"石头城"，如今还依稀可辨。湖横后山东自虎门坳，西至方斗岩，古时均筑有城墙，还建有点将台、跑马坪、烽火台等军事设施。

由此可见，确实是"兵家必争"之地，也是百姓自卫的场所，战争与防御重重叠叠，诉说那个年代的故事。

那时这一带居住着许多人，他们可能是土著人的后裔。在传统农业社会里，人们的居住和生活变化非常缓慢。如果没有各种境况的倒逼，大家都会一直在这里居住下去。这里有充足的粮食：稻、麦、芋、豆类等以及其他农作物，这里有野兽、有柴火、有开垦不完的山园。就这样，他们在山上一代接一代，生活了近千年。

现在我们似乎可以推论，历史上的乐清饱经沧桑：政治纷争，战事不断，自然灾害频仍。盗寇群起，民不聊生。人多繁衍，资源匮乏，使人们远离城市，转移到安静舒适的地方来。据历史记载：绍定二年（1229）闽寇雷电七，率众数百，在西乡慎江镇的码道头登陆劫掠。曹田周翌、周翼等组织当地人杀退。十二月十三日夜卷土重来，对曹田烧

官山老篾匠　　　　　　　　　　　　　　孙平/摄

杀劫掠，周姓几乎被灭族。宋方腊起义军吕师襄部进驻柳市。元至正十年（1350）农民起义军方国珍部攻打柳市。洪武二年至崇祯五年的263年里，倭寇曾侵扰柳市达9次之多，烧杀掠夺。嘉靖三十七年四月十七日，倭寇进犯，掠白石达七日之久。离官山不远的白石镇发生了几个大事件：倭寇侵犯，钱雁女为救护乡亲，引开贼寇，跳崖身亡；钱泳女为搭救双亲，投合湖而死。旧志世称烈女，并建坊旌表。清贡生徐炯文有《合湖》彰其事。清朝山寇、海盗、太平军等屡次侵略柳市。从永嘉来了地方山匪。这里是倭寇进犯、盗贼出没之地，离县城又远，自然要加强防范自卫，黄檀硐等就是一个例子。一旦出现强盗，村民就会将家里的贵重物品转移到寨城里，等劫匪走后，各自回家。

在官山，直至改革开放之前，这里还有一个自然村，住着几十户人家，他们以农耕、畜牧为业。许多人依然向往山里的生活，甚至不愿意下山，有些人一待就是一辈子。在官山的一个平地上，有一幢相连的建筑，原来这是小学，这是小卖部，这是碾米厂。20世纪70年代以前，国家正困难，在大部分人都过着饥饿日子的时候，这里却是个富裕的小地方，人少地多，粮食非常充足。可以收获的有柴、番薯、蔬菜、家禽等。不像柳市平原，人多地少，许多城里的女青年都喜欢嫁到这里来。本地有首《养囡嫁湖横》的歌谣，就是当时的生活写照：

> 过去养囡嫁湖横，日日当相帮；
> 吃的是番薯汤，走的是石头塘；
> 现在养囡嫁湖横，好比上天堂；
> 清水落白米，绿豆放白糖。

现在，村民大多数已迁居下山，仅留下少数眷恋故土的老人，这些都是遥远历史的真实写照。在马鞍山与官山之间，有一条古道，就是历史的见证。与乐清其他古道一样，中间由一行大石块垒成，边上是小石块摆成，非常整齐、美观。这可是一条不平凡的路，从前，人们在这条路上日夜奔波，石头已被脚磨得光滑，而从这条石路上，我们看到了这里曾经的沧桑岁月。

官山古城，虽然你早已被历史尘封，而乐清却因你而增加了生命的高度与厚度。

（本文参考了包文朴先生的《官山古城览胜》一文。）

2016年7月

136

黄檀硐的石头

老早就听人说起乐清城北有黄檀硐风景区，但一直以来，以为自己在全国游览过不少地方，总认为乐清就只是北雁荡山与中雁荡山，其他就没有地方可去。由于经验主义的错误，推迟了我与黄檀硐的见面时间。大约在五六年前，我才到黄檀硐的，一眼扫过，眼光一亮，乐清竟然有这样风景独特的地方。

这里可谓是石头的世界，所有的房子都是用石头砌成的，在山坡上、在溪水边，房子、道路、桥梁，甚至祠堂、宗庙，都是石头砌成的。各种建筑有着各种造型：圆形、半圆形、方块形、长方形……只要你能想出来的形状，这里都应有尽有。这里把石头的作用发挥到淋漓尽致，把石头的文章做得完美绝伦。石与石之间，没有用石灰、黄泥连接石头，而是用石头与石头堆砌成房屋、楼房。不规整的石头，仅靠小石块支撑。小石块成就了大石块，大石块依赖着小石块，一个哲学问题竟出现在石头的夹缝里。门面总是最紧要的，庄重、大方而有气魄，代表着主人的身份，所以尽量都由大的石块组成。巨大而又方正的石块组成墙门，两三片小石一垫，便有一种造型，神采便出。一条道路伸向村庄的东西，路面约2米宽。路的中间也总用大石块，两旁是小石头，排列得错落有致，充当承受巨大压力的使者，让人们的脚轻松地从自己的身上踏过。一条像黄龙般的小溪，以永远不息的姿态从村的中间流过，而更令我惊奇的是，这五六百米的溪底竟然是一条平坦的岩石，如人工用水泥铺成似的。溪水像文静、优雅少女的长发，任她悠悠地在岩石上飘过。

据导游介绍，黄檀硐从前有四条路出入，现在只有一条公路与一个城门进出。城门就是石寨门，两旁是悬崖，门居其中，天然成趣。寨门的石头硕大，平放为主，顶部如古石桥成拱形，一条石路，走向远方，真可谓"一夫当关，万夫莫开"。

而从石屋之间的对比中，我窥见了村中民贫富和地位的区别。从墙上的石头大小及形状，就能判断主人的身份，那些用小石块砌成的小屋，必定是穷苦人居住的。其中有一座小石屋，却以玉米造型砌成的墙叫"玉米墙"，估计房子的主人是一个较穷的艺术家。他以建筑的方式，展示出自己的聪明与智慧。

所有的这些，一种莫名的好奇心、神秘感便在我心中油然而生：第一个人是什么时候来这里的？他为什么要到这偏僻的地方？他是什么身份，能弄出这么大的建筑群？这一定是个了不起的人物，能弄出这么大的动静来，一要有发现的眼光，二要有居住的胆量，三要有长久的打算，四要有一定的资金，五要有经营管理的能力，六要有强大的自我保护能力，七要有一支较大的团队。总之必须有较强大的生存能力，还需要开天辟地的精神。

黄檀硐像盆地，四周都是山，山就是围墙，是安全的依靠。村落空间封闭而幽静，只有四条小路穿过窄窄的谷口，通向外界。显然，第一波人选择这里的时候，首先是为安全考虑的，而且是一些有钱的官僚。因为在南宋，乐清人口少，这里犹如深山老林，根本没有人出入。也许，他已经走遍整个括苍山，这就是他想要的地方，他要在这里建立自己独立的王国。

当第一下敲下锤子的时候，信仰已经播下种子，强烈的意志顿刻溅起火花。他不仅要长期在这里住下，还要繁衍子孙，世世代代在这里生活下去。随着时间的推移，黄檀硐与外界的联系越来越多，附近的山上也住上了人，增加了联姻关系，村里的人口增加，石屋也随之渐渐地增加，村庄的规模也日益扩大。

据黄檀硐卢氏后代卢子越在《老家黄檀硐》中介绍：南宋末年，蒙古军兴起，铁骑一路南下。临安沦陷，南宋政权崩溃。年幼的益王赵昰和广王赵昺，在母亲杨太后带领下，逃出都城，到达温州。时任永嘉郡通判卢尧盛，在极力保护益王他们安全的同时，与蒙古军做顽强抗争。1276年11月，由于蒙古军的穷追不舍，把益王一行逼到了福州，而通判卢尧盛也成了元军的捉拿对象。卢尧盛在逃亡的路中，遇见一位民间算命先生，在他指导下，来到白石山避难，并选择在黄檀硐安家落户。我完全相信这种说法，只有卢尧盛这样档次的人，才能有这般的举动，这是大师构想，这是大师的手笔。

黄檀硐村面积20.7公顷，最高峰处海拔400余米，经过几代人的努力，村落里逐渐齐全，宗祠、庙宇、院落、寨门、村口、村巷网络、溪流沟渠……还有形成自己特色的传统手工艺、民间祭祀、戏曲传说、饮食文化等。猜想当初，这里的几十亩水田，还有可以做衣、被单的靛青，但终究养活不了不断增加的人丁。但这并没有关系，这里的头头们，既有钱又有脑筋，他们可以在外地置田、投资，来维持和改善自己的生计，延续家族的荣华富贵。

如果说黄檀硐始建于宋代宝庆年间，那么距今已有八百年的历史，在这漫长的历史过程中，经过风吹雨打，石屋坏了又修，而随着人口的增加，又不断地建筑新的石头屋。

村民的屋子基本上是一层的石屋，木门，黑瓦，三合院。一座叫下垟的大宅，建于嘉庆元年，距今已有两百多年。大宅坐南朝北，依山而建，院落宏大，是典型的三合院建筑。木构架，石墙砌成正房为五开门，东西厢房有楼阁；西侧厢房带楼阁，屋内保留有明清时期木刻，院门古色古香，保留完整，窗花及雕饰精美。这里曾住12户，63人。如今依然保留有古代的农具以及古纺织及古手工艺。

如今，黄檀硐全村还住着350户，1400多人，他们在石头的世界里，以不同于我们的生活方式，悠然自得、自满自足地生存着，这会让你想得更多更多。

游黄檀硐时，我总会想起一首歌：精美的石头会唱歌。石头直接来自山中，用于山中。与砖相比，似乎更有灵性，因为石的建筑有山神庇护。在黄檀硐，应该用另外一种方式游览，就是要品味石头。在黄檀硐，石头是一种象征，是一种顽强的生命符号。黄檀硐的魅力隐藏在千万块石头中。你得细细品读，细细品嚼。游黄檀硐更在于它风景以外的东西，那就是它具有石头一样坚韧不屈的精神。

黄檀硐是一个让你想象的地方。

2018年2月6日

畅想在隧道里行进

——参观乐东支洞引水隧道

　　七月流火，这是一个让南方人热得容易中暑的日子。戴上安全帽，我们走进隧道、走进泥泞、走进山的内心深处。借着灰暗的灯光，我们爬上运石料的车斗，这可能是大部分人第一次经历。今天在这里我们的任务是，体验劳动者的艰苦，感受来之不易的水，然后把这些景象传达给那些受益的人们。

　　我们乐清人大都从水资源贫乏的地区走来。大旱曾困惑了乐清市人民上千年，而我们则更直接地体会缺水带来的烦恼：我们在排队接水；我们要到几十公里以外的地方买水；我们用大桶小桶甚至用脸盆装水……工厂经常性地因缺水而被迫停工，我们的生活因缺水而使洗车、洗澡成为一种奢侈，而"水电轮休"这个口头禅，已成为这个时代本地人经常挂在嘴上的俗语。

　　这是条隧道，要穿过海拔1600米的大山，好让楠溪江的水从这里越过。摄影师们的闪光灯不停地闪烁着，记录了劳动景象。在隧道边的灯光下我看到放着一个安全帽、挂着几双手套，它们已破旧、锈迹斑斑，我想这不是一幅绝妙的图画吗？劳动者的全部辛劳与成果，都化作隧道那悠长的记忆。

　　楠溪江流域水资源丰富，流域面积达2436平方公里，它经过千万棵草木的过滤，纯净柔和，清澈见底，是国家一级水，被专家们誉为"天下第一水"。老早我就听赵乐强君说起，要组织"三禾俱乐部"的成员们参观楠溪江。那时我猜想是去看那里清粼粼的水、昂然屹立的大坝、热火朝天的建设场景……我的脑海里不时地出现"截断巫山云雨，高峡出平湖"的诗句来，而巨大的水管穿过高山，那是何等的壮观场面啊！

但在兴奋之余，使我久久不能忘怀的，是一个老者的愁容。上午，在永嘉沙头供水工地现场，我们听取永嘉当地负责人老叶同志的介绍。他原是永嘉县政府领导，如今虽然已退下来，却对这个工程十分关心，他是一个对乐清人民有功之臣。他介绍时口气非常凝重，没有笑容，听不到高谈阔论，只有流露的深重情感。他介绍引水到乐清，好像把自己的女儿嫁给千里之外似的。他说：这个工程会淹没许多植被、生态；会切断海水和江水洄游动物的通道，许多珍贵动物如香鱼等不能生存；在雨水不足的情况下，无疑是截断楠溪江的主心骨，使活水变成死水乃至将中下游变成"白溪"；会使楠溪江及沿江文化古迹损失，阻碍了楠溪江旅游事业的发展，直接影响着当地村民的经济收入，对此，群众表示出很强烈的抵抗情绪……从1978年开始提出到现在，楠溪江引水工程规划与建设走过了整整三十年的艰难路程，此刻我们不难理解其中的缘由。直到2007年11月才开始开工，当时计划总投资为4.9亿元，施工总工期为3.5年，目前已投资2.75亿元，预计要增加到6.1亿元。

运料车在隧道里缓慢地行进着，据说已有一千多米的深度，我的呼吸有些急促起来。突然车身颤抖起来，发出巨大的撞击声，大家被火车的动力惯性狠狠地蹾了一下，于是我的心似乎深重了起来，在我的眼前出现了无数的空水桶。深邃的隧道让我陷入了沉思：将来我们还能不能泛舟溪流，去欣赏倒影，去品尝溪鱼？将来楠溪江的水会永远够用吗？或许有一天，水会被喝光，到那时，我们会到什么地方去引水呢？

再过一年，水从这里越过，将惠及乐清市虹柳平原和永嘉县沙头镇等约100万人口。我们马上能吃上楠溪江的水，能用楠溪江水泡茶，自然兴奋不已。在我们的面前，一边是生态保护，一边是人们对水的渴望，也许这是永远无法完美结合的。此时，我突然觉得，水管里流淌的是大自然无声的赐予；是永嘉人民无私的奉献；是工程建设者燃烧的激情；也是乐清人民造福子孙的壮举。上善若水。我衷心希望永嘉人民呵护好楠溪江；更希望乐清人民要饮水思源，知恩图报，永存感恩之心，像对待母亲的乳汁一样，倍加珍惜水资源。

2010年1月14日

游击队员与"安乐娘"的情谊

　　乐清的清江水从芙蓉东面流数十里入东海，中间有个白岭堂。白岭堂离周围村庄有十来里，人烟稀少，三间又矮又小又破的茅棚屋，藏在离白岭大路50米的地坎下，它就是抗战时期大名鼎鼎的红色交通员——"安乐娘"的家。

　　茅屋被烟熏得黑乎乎的，屋里像个黑洞，中间乱堆着柴草。家里的

永乐人民抗日自卫游击总队纪念馆　　　　孙平/摄

东西都是破的：破床、破桌、破凳、破缸……席子中间睡破了，就将其剪成两半，两边翻过来，重新缝合再使用。"安乐娘"一家穷到了没法再穷的地步，没有田地，甚至连租田的资格都没有，平时只能靠打散工过日子。

这里却是浙南特委干部长期隐蔽的驻地之一。1941年8月的一个晚上，特委领导邱清华、仇雪清、王永金来到"安乐娘"家。顿时，全家

周丕振旧居门台　　孙平/摄

人就忙开了："安乐娘"拿出陶甄当脸盆，"安乐王"搬来几捆稻草，铺在中间的地上给自己睡，腾出的床位让客人休息……

与往常一样，白天，邱清华拨开茅棚取光，翻开笔记本，坐在石块上开始办公。

北伐时，蒋介石、汪精卫等国民党右派突然叛变革命，大肆屠杀共产党人和国民党左派。温州先后发生了著名的隘门岭事件，471名红军被杀害。在岩头事件中，诱捕残杀红军29名，红十三军解体。当革命稍有转机时，又发生了震惊中外的"皖南事变"。尤其是省委书记刘英被

国民党杀害，许多党组织遭到严重破坏，共产党员被抓被杀，革命又一次进入低谷。因此，浙南游击队决定进一步扩大"农、山、边"地区，把山村建设成为共产党牢固的活动基地；把凡有被国民党捕杀危险的公开或半公开的干部，进行转移隐蔽，为反"围剿"斗争和发展壮大括苍游击根据地做准备。

仇雪清在想，穷苦人家破衣烂衫顿断粮，有钱人家大楼房描金床，砺灰地后花园，世道实在不公平啊。正因为这样，"安乐娘"一家才把我们当亲人，什么都舍得拿出来给我们。当我们最困难的时候，总是会找他们，他们才是我们真正的靠山。

"安乐娘"的儿子叫孔姆头，自从自己的家成为党的联络点之后，孔姆头看到了穷人翻身、不再受苦的希望，便整天眉开眼笑的。虽然他已经30多岁了，家里的生活还是由他母亲操心，游击队官兵们就管他叫"安乐王"，称他娘为"安乐娘"，称他妹妹为"安乐妹"。平日里，"安乐娘"一遇党内同志来，就烧番薯干饭招待，自己却吃薯丝汤。为了改善他们的生活，有时她用纺织草帽赚的钱买来糖饼；有时她去附近海涂捉小鱼小蟹；她将母鸡下的蛋，除部分出卖换灯油、菜肴外，其余都烧了蛋汤给同志们吃。邱清华每天都很忙：学习文件、写指示、给党组织布置任务……还要挤出时间帮助同志们学习。"安乐娘"心痛地说："看你啊！整天坐着写字，人瘦得不像个人样。"说着就把蛋汤放在桌子上，自己走了。

官兵到来后，"安乐娘"总自觉地在门外放哨，当她在门外听着里面议论声稍高了一点时，就进来看一看，来个提醒。吃饭时，她端着饭碗到门口张望着，一见有人从门口经过，就亲亲热热地打个招呼或开个玩笑，引开了他们。有时她整夜巡逻放哨。

这里也是共产党地下交通的联络站。"安乐娘"看上去像个老太婆，蓬头垢面，谁也不会注意她，她还是个出色的交通联络员、情报员和后勤服务员。为了传达信件，她二话没说，摆动着一双小脚，踏上遥远而崎岖的山路，消失在树林之中。

因为共产党与劳苦群众融合在一起，斗争在一起，真正做到了同艰苦、同患难、同命运、同奋斗，"安乐娘"一家才把他们当亲人，不怕坐牢、杀头，帮游击队做革命工作。正因为有"安乐娘"家这样的人民群众，才能使共产党铸成了牢不可破的铜墙铁壁。

括苍游击根据地既区别于抗日民主根据地，又不同于解放区，基本上是处在敌人的重兵包围、分割之中，国民党屡屡调集优势兵力，向游击根据地发动进攻，一次又一次地组织"清剿""清乡"。几支山区武工队只得再次精简，到1946年春，仅留40多人枪。各地领导骨干一次又一次分头钻草窝、藏楼角、蹲猪圈、睡山洞。周丕振带领特委机关人员在泽基村附近的几个山洞里变换着居住；邱清华和仇雪清他们从"娘娘洞"里出来时，全身溃烂，活像一只金钱豹；郑梅欣一直躲在自己家的

周丕振旧居　　　　　　　　　　　　孙平/摄

隐蔽室里，出来时，头发长得披到了肩上，胡子也有两寸长；金强与仇雪清住在永嘉谷庄的谷定文母亲阁楼里，后来与猴子共住一个山洞……艰苦的生活，恶劣的环境，使许多同志患了疟疾、疥疮、坐板疮等疾病，但他们仍然充满着革命乐观主义精神和革命必胜的信心。

他们长期坚持"既要隐蔽，又要斗争"的方针，坚持山区农村阵地，以兄弟会、姊妹会、抗丁会、戒赌会等形式积极发展基层党组织；运用"白皮红心"策略，改造国民党基层政权；建立与健全地下交通网；积极筹集枪支，组建武工组；清除恶霸叛徒；取得五次反"围剿"斗争的胜利。至1944年，仅在乐清全县就建立支部103个，发展党员7130人，为建立敌后抗日根据地，直至解放温州，打下了牢不可破的基础。

1950年9月，抗战红色交通员"安乐娘"作为温州地区选派的三名老区代表之一，参加在北京召开的全国"群英会"，受到毛泽东主席等党和国家领导人的接见，并参加国庆观礼。

2016年6月29日

亲历乐清支行金融工作会议

　　今天有谁会相信，乐清市支行以前曾经是亏损的支行。为了寻找过去，我总会打开一本本发黄的笔记本，而每次打开，仿佛像打开昨天，而昨天总是那样的沉重，那样的耐人寻味。

　　我是1981年底到农业银行工作的，非常碰巧的是，自1983年开始，我每年都参加了乐清市农业银行金融工作会议。

　　以前开会，也都在雁荡山。要经过坐汽车、渡轮，坐拖拉机，60里的路程，从早上出发，慢悠悠地到晚上。坐集体包车时，好不热闹，一路上，大家说笑话、吹牛、唱歌、讲故事。

　　每次会议吃的是一桌子菜，有鱼有肉更有好酒。会议完毕，都要拍照合影，再发上一个纪念品。那时我的工资每月只有36元，而朋友们都正是结婚、盖房子的年纪，人情支出多，经常要到朋友那里借钱用，所以银行内部流传一句口头禅："国家贪我便宜，我贪国家嬉嬉。"工资这么少，是够便宜的，但每天上班没有什么事做，所以整天无所事事，本地人在嬉嬉，"嬉"字，就是与工作在做游戏的意思，这是本行员工对工作的美妙总结。

　　我第一次参加金融工作会议是1983年3月13日，没有文件资料，笔记本上记录的大会的主题是：围绕改革开放的问题，今后的任务是支持商品生产发展。行长是宁波慈溪人，完全是方言，加上我刚进银行，对业务不是很通，竟一点也听不懂，所以也无法记录，实在可惜。

开会都需要7天，其中会议3天，讨论4天，通常是上午开会，下午讨论，有时甚至讨论一整天。任务上级都早已经定好了，任务变化不大，任务不重；工资更是上面的定好了，下面的说了也没用，因此也就没什么好讨论了。

会议的所有程序圆满完成以后，几乎每次都安排我们去风景区玩玩。灵岩、灵峰、大龙湫轮换着玩。风景区玩遍了，就要寻找其他好玩的地方。

北边有个工人疗养院，再往里有个林场，里面有各种各样的鲜花，许多花我们都没有见过。大家都想到那里去玩一玩。

一个姓刘的同事惊叫道："是琼花。"

他拉着我，并指着琼花对我说："拿回去就可以种活。"

琼花长得毛茸茸的，像熊猫尾巴似的，花花绿绿的，非常好看，我不懂得它的珍贵之处。他反复在琼花边转来转去，眼珠子不停地飘。没一会儿工夫，我就发现了在他的口袋里，露出了那棵琼花毛茸茸的头顶，可是他却很傻，不走，还在那里转。

"偷花呀！"一个林场工人模样的尖叫起来，他转身就往外跑。没跑几步，突然从巷子里出来一个小孩，就被拦住了。不管三七二十一，小孩跳跃起来后，狠狠地就是一记耳光。顿时，脸上红起三个小指印。是个小孩，问题不大，拼命挣脱之后，就往旅馆里逃。

还好，由于跑得快，一进房间，就把门锁住了。过一会儿，小孩带了很多人过来，找了一圈，找不到，就只好回去了。

可这事还没完，林场工人对此不善罢甘休。专门来找领导，结果当地信用社的干部出面，才将这事摆平。后来一打听非常可怕，这地方的人很凶又很团结，往往为了一件小事，全村人就会出动，拿起扁担、锄头大打出手。

　　时间像风吹过山似的，一晃就是20多年了。人都变了，退的退、走的走、调的调，没有变的是开会地点与时间，都是3月份。现在，工龄稍微大一点的，都开着自己的小轿车来开会，我也是其中的一员。大家都整整齐齐地穿着行服，像很有教养的士兵一样。会议都在2天左右，真是来也匆匆，去也匆匆。办公室已准备了开会的资料，工作报告写得非常有哲理，又非常务实，问题与矛盾暴露得一览无余，而解决问题的思路新鲜而有针对性。

　　会议期间没了旅游，没了酒喝，没有吹牛皮说笑话，更多的是压力与责任，更多的是争论，讨论时争论、会后争论。领导们不断地对下面压任务，而基层领导总是为繁重的任务叫苦连天，每次都争得脸红脖子粗的。

　　而变得最大的，是乐清支行的业绩。到了2005年，乐清农行各项存款已达83亿元，各项贷款已达62亿元，实现利润2.1亿元。在全国农业银行经营利润一百强中排名第16位，在浙江省农业银行排名第2位。

　　我觉得，乐清农业银行的每次金融工作会议，就像一张崭新的砂纸，每次都在擦去我们头脑里的陈腐的观念。观念决定行动，乐清支行就是通过这次会议，使自身的发展更快了。现在想起来，真觉得自己非常有幸，因为据我所知，在乐清农业银行，没有一个人能在这20多年来，拥有像我这样的经历，我成了见证"乐清金融工作会议"的人，我见证了乐清市农业银行的发展壮大，我也越来越觉得这是一笔难得的财富。

　　2005年的金融工作会议在一片经久不息的掌声中落幕，2005年春天的大雪是以往好几年没有的，大雪把雁荡山装扮得分外妖娆。丰年好大雪，一个丰收的年景，又将出现在我们的面前。

2006年6月

《陋巷里的柳市》后记

　　1981年底，我从部队退伍回乡，进入了柳市农业银行工作。因父母亲、兄弟姐妹都在县城工作，并在县城里居住，所以老屋就剩下我一个人了。

　　我的老屋是两间矮楼的老房子，朝南，虽有一个天井，但不到1米宽，前面是一座二层半高的房子。除东面的房子与我家的房子一样高以外，北面是舅舅的三层楼，南面是五层楼，都比我家房子高，所有的邻居都挡住了我家的光线。在每天有限的时间里，太阳还见不到1小时，太阳对我来说总是匆匆的过客。

　　说西面的邻居，实际上是区政府办公大楼，在当时的柳市属最高的楼层了。它原是柳市资本家包福路所建，在这里办布厂，后来因故逃到了台湾，这里就变成了政府办公场地。小时候，我经常在区政府里玩耍，到角落里找奇怪的东西，楼角上经常会发现牛皮手枪壳；还钻进"文化大革命"期间所挖的防空洞里玩。对于这些我虽然害怕，但神秘却战胜了恐惧。

　　老屋虽说朝南，门却朝西，是个单扇门，只能通过一个人。从我家出来是一条2米多宽的巷子，向北伸去约20米，本地人都把这些路段叫作巷弄。抬头便是另一个柳市资本家包福生所建的"九间"，与其说这是一座工厂，不如说是一座大宅院，徽式建筑，50多间房子大都是两层高，只有3间房子是三层的。与包福路的厂房只有四五米之隔，如今的柳市这种建筑形式已很少见了。母亲经常对我讲起包福生的为人，说他经常接济生活困难者。而他自己虽然是个富人，却非常艰苦朴素，出差时，一路上都穿草鞋，到达目的地时才换上布鞋。这些故事如今的年轻人知道的已不多了。而这两座于20世纪30年代

老家的巷弄　　　陈尚云/摄

建筑的大楼，不但证明了浙江地区乡村民族工业的兴起，而且代表着当时柳市工业发展的高度。它与20世纪七八十年代柳市兴起的五金电器，已隔断了近半个世纪，其中的道理，我们用许多话也说不清。

沿路往西转时，不到100米，便是一条小河浃。这条河浃离柳市最大的河——十浃河，还不到300米远。我经常在这里挑水、游泳、洗东西，有时也坐着河泥溜到其他乡镇去。与许多河浃一样，现在这条小河浃早已被填平盖房了。

那时，巷弄里很静，白天偶尔听见区政府电话铃响；晚上，隐约传

来外婆的咳嗽声。从小时候起，进进出出，我从这条巷弄里不知走过了多少回，不知留下了多少故事。

就这样，我在过去的巷弄里住了8年。一直都睡在二楼，那是一个矮楼，里面很简单，一张床、一张办公桌，还有一个用三角铁搭成的书柜，这是我最简单的精神寄托了。我在读书、写作，大部分的业余时间都在这里消耗。我非常自足于这样的环境，总认为这里"何陋之有"。我有时在想，外面的世界虽然很精彩，但这与我又有何干呢？大有"躲进小楼成一统，管它冬夏与春秋"的高尚品质。

如今的柳市，住在巷弄里的本地人不多了，曾经的巷弄也正在慢慢地消失，从巷弄里流出的水渐渐地变黑了、变臭了；而从巷弄里走出的人，其语言举止与以前也大不相同了，巷弄变成"陋巷"了。对此，我只有无奈，只有思考，只有记录，而对待无奈最好的办法就是用幽默来表达。

如果说记忆是作家的财产，那么，记录则是对财产的维护了，而记忆总是被动的，当然也更需要外界的唤起。2005年，我被调到市里，在一个小支行里工作；两年后，又回到了柳市。工作一变动，就自然有了许多的衔接，也就有了许多空余时间。在这段时间里，我与以赵乐强、施中旦先生为首的"乐清市三禾文化俱乐部"的方家们有了更多的接触。我们谈创作、编杂志、搞活动，大家都非常热情地投入创作之中，也出版了不少的作品。当我想把这些年的作品汇集起来，编成小册时，他们给予极大的鼓励与支持。然而认真掂量自己的作品，又觉得有许多欠缺，总觉有些急功近利，不免有些惭愧之感。但又想既然木已成舟，生米已煮成熟饭，只好顺其自然了。

2009年8月20日于柳市沉墨斋

154

王十朋的"立德"

唐代学者孔颖达在对"三立"阐述时说："立德，谓创制垂法，博施济众。""立德"就是要有高尚的道德品质，就是要有奉献精神，把自己所有的一切都献给国家、献给人民。"立德"首先要立志，伟人共同的特点就是从小立志做大事、做有利于人民的大事。少年毛泽东在留给父亲的诗中写道："孩儿立志出乡关，学不成名誓不还。埋骨何须桑梓地，人生无处不青山。"周总理说得更直接："为中华之崛起而读书！"王十朋从小通学经史，立下忧世拯民之志。17岁"感时伤怀"，悲叹徽、钦二帝被掳，宋室被迫南迁。为了传授学问，33岁时在家乡创办梅溪书院授徒，34岁入太学。为了实现自己的远大理想，就得考取功名，但当时由于南宋政治腐败，奸臣秦桧专权，科场黑暗，屡试不第。秦桧病死，被宋高宗亲擢为进士第一（状元），那时，他已经是46岁的人了。在考取科举的道路上，真可谓是：路漫漫其修远兮，吾将上下而求索。

王十朋"立德"首先表现在爱国、忧国上。在朝廷敢于面对免职甚至杀头的危险，提出自己的政治主张。王十朋虽然不是什么大官，却做了两件大事，一是力主抗战，并推荐爱国老将张浚、刘锜，到前线杀敌，恢复河山。二是力排和议，并以"怀奸、误国"等八大罪状劾主和派代表、当朝宰相史浩，使之罢官。当张浚北伐失利，主和派非议纷起，而他上疏称："恢复大业不能以一败而动摇"，表达自己强烈的爱国之情。其次是爱民、忧民。王十朋在地方上任职期间，清正廉洁，受到老百姓的爱戴。他在担任饶州、湖州等地官员期间，救灾除弊，政绩卓著。他在饶州做官期间，宰相洪适回乡拜访王十朋，竟提出以故学宫地扩建私宅后花园，被他毅然拒绝。此事后来朝野皆知，传为佳话。乾道五年冬，王十朋卸任，离开泉州时，男女老幼涕泣遮道苦苦挽留，还仿效饶州百姓挽留他的做法，把他必经的桥梁拆断（后来当地百姓重新修复，用王十朋之号"梅溪"为名）。他只好绕道离去，士民跟随出境送到仙游县枫亭驿。最后是勤奋。表现在诗文上才华横溢，作品颇丰。王十朋的文章以表达爱国、卫国为主；诗词大多是爱民忧民、寓含教育之作。凡眼前景物，常常感而成诗，咏蔡襄修建洛阳桥的诗、宴七县宰诗、承天寺十奇诗、咏清源山诗等，都是流传后世的佳篇。

王十朋"立德"还表现在一生清廉，夫人贾氏，品德高尚，忍贫好施，常以清白相勉。隆兴元年辞官故里，家有饥寒之号却不叹穷。夫人死在泉州任所，因路远无钱将灵柩及时运回家乡。他在《乞祠不允》诗里述云："臣家素贫贱，仰禄救啼饥。""况臣糟糠妻，盖棺将及期。旅榇犹未还，儿女昼夜悲。"结果，灵柩在泉州停放了两年。

"三立"作为衡量一个人的成功与否，而"立德"则是摆在"太上"之位置，因为"德是才之帅，才是德之资"，一个没有高尚品质的人，是做不出伟大的事业来的。纵观王十朋一生的功绩，爱国敬民便是其中最重要原因之一。王十朋寒窗苦读期间，30多年王十朋辗转于故乡、临安等地四处求学，屡试不第，但不弃科举，直至46岁方得入仕；在朝为官期间，他屹立朝堂，直言规谏，力主抗战，弹劾权臣，两次遭贬；离朝外任期间，王十朋四任知州，虽年老体弱，仍以天下为己任，勤政爱民。王十朋的文学主张：文章诗词出以刚气，提出"刚气说"，立意定名当合事功，追求现实主义创作传统，被众多研究者认定于永嘉学派深具开河之功；纂文写意瓣香古人。一个封建社会的官员，为什么能够得到百姓如此的拥护呢？在《湖州到任谢表》中，王十朋说过这样一句话："但思治己以先人，岂忍夺民而生事！"也就是说，他认为为官者心中要有百姓，不可做"夺民"之事，治人必须先治己。这是王十朋理政的思想基础，充分体现了他的道德观、人生观、价值观。因为心中有百姓，王十朋为官做事，把抚爱黎民百姓作为首要任务。真正实现了"不以物喜，不以己悲，居庙堂之高则忧其民，处江湖之远则忧其君。是进亦忧，退亦忧"的人生态度与崇高的思想境界，这是真正意义上的"立德"。

然而作为南宋第一名臣的王十朋，给我们的启示与教育的更多是领导者。作为当代领导者，首先是关心群众的疾苦。我们做决策，所考虑的是否有利于人民利益，是否有利于地方经济发展，是否有利于生活水平的提高，是否符合科学发展观。当前要正确处理发展与建设的关系，注重建设的资金投入在发展中的比率关系。当政绩与当地经济发展发生矛盾时，是以人民利益为重，还是以自己的政绩为重，是好大喜功，甚至搞新的"浮夸风""放卫星"？其次是敢于担当的精神，消除"踢皮球"现象。不可否认，现在的一些领导干部是拿纳税人的钱，却不愿意为纳税人办事，有责任大家一起分担。不可否认，现在的人有血性的少了，委曲求全的人多了。为什么人们有那么多的所谓的"工作日"。这么多部门，又有这么多的"工作日"，因此，我们呼唤那些具有"浩然正气"的掌权者。最后是如何安排自己的八小时以外的生活。"人与人的区别在于八小时之外如何运用。"也许胡适先生的话对我们有启发："人要有二亩田，白天是果腹的，晚上是耕种未来的。"

王十朋从小学《春秋》，多年的刻苦读书，广博的知识积累，把他从一个一般仗义思想者，改变成一个立志报国的斗士。在当时纷繁复杂的朝廷斗争中，仍以国家兴亡为己任，置个人生死于度外，刚直不阿，直言不讳、敢于批评朝政；在地方为官期间，敢于抵制苛捐杂税，为民请命；作为官员清正廉洁、乐善好施，表现出他敢于忘我牺牲的精神境界，不愧为"南宋无双士，东都第一臣"。王十朋是乐清人的英雄，是中华民族的英雄。从这点说，在乐清甚至在温州历史上，王十朋是一个前无古人之人，真没想到，偏于神州东南一隅的乐清竟然出现王十朋这样伟大的人物。王十朋的伟大体现在"敢"字，敢于与皇帝叫板，敢于为百姓请命，这不正是当今温州人那种"敢为天下先"的精神传承吗？

浅谈新旧体诗歌创作

　　中国是一个诗歌王国，在数千年的中华文明发展史上，诗歌一直占据主导地位并不断发展完善，成为中国古代文化的精神瑰宝。出现了屈原、李白、杜甫等一大批著名的诗人，产生了许多经典性的诗歌作品，给后人留下了一份无比宝贵的文学遗产。

　　按朱光潜先生的观点，中国古典诗的特点：一是节奏。"无边落木萧萧下，不尽长江滚滚来。"读这几句，我们会不自觉地在"落木""长江"处停顿，并产生朗朗上口的感觉，这就是最基本的节奏。二是声韵。中国古典诗歌押韵的情况特别常见而且必要。韵的好处在于能让整首诗在朗读过程中产生节奏之外新的兴奋点：末尾字音的关联会产生一种和谐的快感，而平仄也是基于这种理由产生的。三是意境。境界就是指诗歌以文字形式呈现给读者的一种借助想象可以理会到的一种场景："明月松间照，清泉石上流"是一种；"采菊东篱下，悠然见南山"也是一种。古诗还有许多其他特点，如典故使用、言简意赅的表达等，但这些在其他文体中也可以出现。然而，格式与内容的统一性和不可分割性在中国古典诗歌这个成功而辉煌的角色中表现得相当充分。再加上诗歌的格律限制，诗人要将自己的情感定格于这些数量不多的文字之中，非才华难为也。这是古体诗的优点，但我们也要指出它的缺陷，因为它在形式上的呆板、空间的狭小，致使它不能很好地表现更丰富多彩与复杂的社会生活。

中国的新诗是随着五四新文化运动而出现的，新诗以改变诗歌语言为突破口，以白话为武器，有意识地摆脱古典诗词的严整格律，与旧传统决裂。新诗的追求目标是：有高度的概括性、鲜明的形象性、浓烈的抒情性以及和谐的音乐性，形式上分行排列，强调诗歌是语言的艺术。其核心内容是"真、善、美"。新诗更注重诗的张力，用词力求旷达洗练，用跳跃的思维、连贯的情感艺术地表达它的内涵，也扩大了诗歌题材。其间，出现了郭沫若、闻一多、郭小川、艾青、北岛、舒婷、海子等一大批诗人及现实主义、象征主义、后现代主义等十大流派。

然而，比起古体诗，由于新诗上手特别容易。写的人多，多得有泛滥之嫌。新诗的发展势头迅猛，流派也多，但没有一个规范化的标准可以遵从。更多的诗人忙于在一块开阔地上搭屋建楼，抢占地盘。没有找到表达自己的情感方式，以及切合中国文化特征的格式。无节制的自由，最终丧失自由。于是变成了诗人很多，真正脍炙人口的好作品却凤毛麟角。

古诗如长城高古、典雅，但也会让人产生孤僻的嫌疑；新诗如黄河，不免给人以泥沙俱下的感觉。我认为要给新诗戴上锁链，让古体诗插上翅膀。我认为，新诗作者应当认识到，新诗的发展历史还很短，还需要很长时间的磨炼才能变成熟。没有古诗做基础，新诗的发展也就缺少了民族文化的底蕴。打开古诗与新诗的界限，充分吸收古诗的优秀传统，依然是新诗发展的方向。而对于古体诗创作者而言，我们应该更多、更公平地了解新诗，向新诗学习，吸收新诗中的优点与长处，从坚固的束缚中解放出来，尝试各种体裁，淋漓尽致地表现出自己的思想。总之，只有让新诗与古体诗交融，才能更好、更快地促进诗歌创作稳健发展。

自新诗产生以来，特别是近几十年来，乐清的新诗与古体诗歌创作历来都是各自为阵，各走自己的路，虽然没有直接的攻击，但不相往来已说明了各自微妙的心态。但是我们应当看到，无论是古体诗还是新诗创作，乐清市的诗歌创作在全省乃至全国都占有一席之地，如果分开则两败俱伤，如果能团结起来，那该是一件多么赏心悦目的大事啊！如今乐清市诗词学会能主动诚邀新诗作者，大家欢聚一堂，共同探讨诗歌发展，我认为这是一种创新，是一种包容，是一种大手笔，表现出宏大的气魄。愿我们能相互取长补短，同舟共济，我相信乐清的诗歌创作必将出现新的奇迹。

2010年3月12日凌晨于沉墨斋

焦裕禄 "考试"

——观电影《焦裕禄》有感

兰考给干部们出了一张考卷，可是，有的望卷兴叹；有的未考就退出考场；那个姓吴的县长对考题熟悉得像自己的家谱，人们还是没有打分，因为他的答法谁也不喜欢。

焦裕禄是在大雪纷飞的时候进考场的。

在火车站，他发现第一个答案的含义，人就用手推车将救济粮填入一个个饥饿的括号里。

他考试时很少用嘴，只用手、用脚、用剧痛的肝脏、用年轻的心，去答兰考的填空题、选择题、问答题、名词解释。今天他第一次在病床上，却伸出苍白的手，要了一串新结的麦穗，就永恒地闭上了眼睛，以自己的身体填在兰考这张卷中。

兰考人民改卷的时节，没有扣掉焦书记半分；十二年过去了，全国人民重阅考卷时节，于是焦裕禄——这个共产党人的答卷，就成了全国党员的标准卷。

观油画《蒙娜丽莎》

　　我看你的时候，你也看我。我看出你的眼睛看我的时候，和别人就是不一样，于是我们的眼睛久久相视。我知道了，你是可以很亲近的，我知道了，你是可以很亲近的，我就是这样地望着你，感到你的眼睛是一口清澈的井，温暖又宁静，我如冰的情感，渐渐被你融化。

　　我就是这样望着你，不管有多少人也像我一样。我想永远地望着你，即使我的身体腐烂了，也用灵魂来望着你。我想看遍你的全身，沿着你的黑发，我的眼睛如水珠一样向下爬去。当我看见你交叉的双手，以及背后的风景，才发现你的神秘。我才发现你的不可亲近，我才发觉我们相隔已将近五百年。即使拥有你，也只是一幅经过千万次复印的，没有体温的画像。

　　于是，我只好远离你。

　　然而看水的时候，我仿佛站在水中央，看风景的时候，你就出在风景里，日出的时候，你就画在阳光里……你依然在笑，笑得像一杯XO。

　　我只好把眼睛转向你，比以前更认真地望你，从你的眼神里，我似乎懂得了什么。如果不看你的手，如果不看你背后的风景，就会忘掉我们相隔的年代。

　　如果拥有你的眼睛，我就能拥有你的一切。

一个囚犯的笔记

——参观某地监狱后

囚 衣

假如法庭是我人生的中转站，那么，监狱就是我另一个归宿。

一进监狱，那些曾经的荣耀外衣被公正的法律脱去了，我换上了囚衣。囚衣是浅灰色的，从此，我开始了浅灰色的人生。在肩的周围，镶嵌着许多白色条条，那是锁在肉体上的囚栏，那是无法拆卸的罪孽。从官员变为囚犯，从制服换成了囚衣。现在我才真正明白，一旦穿上有些服装，你就永远无法抬高自己的头颅。

剃 头

进入牢房的第一天，和所有的囚犯一样，我被剃成光头。为我剃头的是一个抢劫犯，而我曾是个局长，我真说不出这是一种怎样的滋味。一旦进入牢房，从前所有的光环都化为乌有，那是当年我在台上教育别人时说的，没想到，现在竟然落到自己头上。

跑　道

清晨五点半，我就要在操场上跑步。跑道上的我，像一只喘气费劲的狗。脚像一对锤子，而跑道像我的胸膛，每天清晨，我都要捶打着自己。我尽力地捶打昨天的悔恨，尽管对我来说，昨天已经没有意义。但我还是坚持捶打，我想把自己的悔恨统统捶光。跑在跑道上，一圈又一圈，一天又一天，一年又一年，像跑在生命的年轮上。跑道跑出一道道裂痕，我的脸上也跑出了皱纹；跑道跑旧了，我也跑老了；跑道跑硬了，我的心也冰冷了。

哨　子

哨子是集合的号令，又像枪口，它每时都在对着我。哨子可以有不同的含义：吃饭、睡觉、上班、开会，或者批评、传讯，另外决定判刑结果。每一次吹响，都会拉动我的神经。它像幽灵一样纠缠着我，一声呼叫，就像一支利箭划破我的肉体。我用几十万元买了一个哨子，一个给狱警吹的哨子，买了一只每天都要命令自己的哨子。

"嘟……"刺耳的哨声又在响起。

朋　友

自以为当上了官后，就像上了神坛。我不相信自己会犯错误，不可能会坐牢。我不管走到哪里，都是前簇后拥、威风凛凛，我的思想顿时膨胀、飘浮起来。

我逐渐接触了一些建筑公司老板，每当看到他们住豪宅、开豪车、

165

搂美女……自己的心里就觉得不平衡。我也想过有钱人的生活，也想让自己的下一代过得好一点，有一个出国留学的机会。几个搞建筑的好朋友每天都跟着我，我们在一起称兄道弟，有福同享，有难同当。于是我的头脑开始发热，我帮助了他们在项目招投标中获胜，并揽到工程。我终于伸出贪婪的魔爪，开始疯狂地敛财。都说朋友多了路好走，我自认为身边的朋友最可靠，没想到我却栽在朋友手里，他们看上的是我手中的权力，他们掏钱为我买了一张进监狱的门票。当自己戴上了手铐时，我才忽然醒悟：天堂与地狱只隔着一层薄纸，朋友是假的，法律才是真的；官衔不过是一身外衣，一旦被脱掉，就只剩下一个丑陋的躯体了。

就　餐

泡菜、白菜、豆腐、土豆、馒头、米饭，每天都这样轮番地吃着；光头、光棍、硬板子凳，每天就餐时都这样坐着。我多想过普通人的生活啊！可从前，我每天相伴的都是美酒加美人，本地最豪华的酒店，都有我专门的包厢。我请他们都是单位里出的钱，他们请我都是工程中获得的高额利润，单位里的费用基本上都是我吃掉的。因为事实摆在面前，我总会有退休的那一天，人生苦短，不欢更何待？可那是国家的钱啊：假如你吃了那些不该吃的，那就会被夺走那些你该吃的；假如你拿了那些不该拿的，那就会被夺走那些你该拿的。

探　望

两颗滚烫的心，被一块冰冷的玻璃隔开了。

我想见又不敢见他们，每一次我都这样矛盾着。我不能成为儿子的榜样，不能是妻子的依靠，不能是担当家庭的栋梁，不能充当老母亲的拐杖，我没脸见他们。如今老婆老了，儿子成熟了，而孙子都不知道我是谁了。

探望间里，他们是眼泪，我是一脸沮丧。

自　由

每天都要和这些人在一起工作生活：流氓、小偷、强奸犯、抢劫犯、杀人犯……不同的文化修养，无法交流的环境，令人窒息的空间，我到哪里、向谁去倾诉我的情感？

把我的工作变卖了，去买自由；把我的房产抵押了，去取自由；把我的肾割下一个，去换自由；如果自由可以变卖，世界上就没有"自由"这个词了。夜深人静的时候，我就会想起这个问题，自由原来是个奢侈品，不，自由是无法用金钱衡量的，自由是个高贵的、无法买到的奢侈品。

装搭配件

我工作在电器装配车间，从长期的劳改得知，产品是由一个个零配件装搭而成的。如今面对细小的零件，我的手有些发抖，一个产品的组成也不是一件容易的事。我想到了财富，钱也要靠自己辛勤劳动一分一分积攒成的。我本来是个有地位、有名望而且收入也可观的人，可我想一夜暴富，迅速发财，就产生了贪婪之心，结果却酿成大祸，锒铛入狱。有道是：人心不足蛇吞象，招灾引祸皆为贪。

交通消息

在报纸、电视上，什么消息内容都不看，我只关心与交通有关的消息。我曾是一个交通局长啊，一看到车，一看到公路，我的心就怦怦直跳。我是一步一步从一般职员提拔起来的。我曾经努力学习与工作过，我比别人付出的要多得多，我才当上了交通局长。交通是我一生的所有，道路是我的生命线。到被释放的那一天，我一定会在家乡的公路上，跑上一整天的。

2013年8月20日

扫帚说

请你狠狠地抓我的把柄，令我伏下身去，令我紧紧地贴着地面，以你最普通的力，把我的每一根细细的骨压弯，去搜刮肆行的尘埃。

让我聚成舌头，伸进角落伸进窗栅伸向天花板伸入每个黑暗的地方，去舔油垢、蜘蛛网以及死去的苍蝇蚊子……

伸往积雪，我就能推开一整个冬季；伸进秋天，就会让你迎一条金黄的大道。

我伟大吗？

但请你别为我歌唱，有朝一日，我也会变成垃圾什么的。

你是一颗明亮的星星

　　这是你一个伟大的日子，我们没有珍贵的礼物相赠，只给你送上一个圆圆甜甜的蛋糕，祝愿你能度过一个圆满的夜晚，并能与我们一起品尝着相聚的欢乐，品尝着生活的甜蜜，品尝着友谊的手足之情，让圆圆的、甜甜的生活永远伴随着我们！

　　请你点上蜡烛吧，让红红的生命之火，首先在你心中燃起，然后，也燃烧我们。你手中的烛光慢慢地亮起来了，你看它多像美丽的蝴蝶，它在翩翩起舞，它用世界上最美丽的舞姿，向窗外飞去，向天空飞舞，天空中舞蹈着千万只蝴蝶，我们仿佛走进一个光怪陆离的童话世界。而在它停止的一刹那，突然化成了满天的星星，这么多的星星啊，都是来祝福你的啊，亲爱的朋友！

　　星星教会了我们思想，星星指引了我们如何做人，在浩瀚的星空里，我们只是一粒微尘，在遥远的时间长河中，我们不过是一盏稍纵即逝的小灯。

　　但你却像蜡烛，燃烧的是自己，照亮的却是别人。把朋友的困难当作自己的困难，把帮助朋友当作自己的责任。在思念的佳节里，就会看到你的真情祝愿；在工作繁忙的时候，就会听到你亲切的问候声；你常常提醒我们，在烛光一样短暂的人生道路上，要"不白活一回"，要活就活得有滋有味；你给我们跳起了迷人的新疆舞，你用美妙的舞姿，把我们带向一望无际的草原，清香的塔里木河，把我们所有的忧郁沐浴得干干净净——

我们是30来年的工友了，我们都已是过来人，每个人都有自己的忧愁，尽管你平时从未显露出一丝的忧伤，但我们从你的脸上，多少能读出你的烦恼与艰辛，而你总是把忧伤留给自己，把快乐献给别人。你总是用心去爱别人，宛如你的名字一样，爱本来就是淡淡清清，如果加上"心"，就会不同凡响，就是爱情，就是真正的爱情。

在人生的道路上，多么需要爱，多么需要那些爱别人的人。只因为有了爱，我们才相聚在一起，因为有了爱，才有这美好的人生，但愿我们都能像你一样，把眼泪留给自己，而奉献给别人的是爱与光明，我们因你而快乐，我们因你而无比的温馨。

你就是那一颗最亮、最亮的星星！

亲爱的朋友们，在这美好的不眠之夜，让我们共同举杯，祝愿你，我们的好朋友！

2005年农历二月初六

咏 算 盘

楹子是勃起的硬田，禾苗是珠子，是播种的季节。不停地拨动，不停地耕耘。收获的是一串串葡萄，是农民一滴滴血汗的汇入，一箩箩渴望我的珍珠。

你在不停地旋转，旋成一排排车轮，每一次和大地邂逅，就有一万里的飞奔。飞奔的车轮、飞奔的车厢，满载着喜悦——红了歌声，熟了果实。落在案前，凝集，科学家的眼睛。进进退退——成功的泪水艰难地跋涉。团圆的总离不开，望远镜，装着21世纪的现实，劳动智慧的结晶。

你怎么盼穿参差的局面？初一的夜晚，那颗最近最圆的我的相思，我的月亮，即使像秤钩，也能钩起我的浪花——

初恋的眼睛，一盘苦恋的残局，总有一天要告别它，你一个小小的温度仪，显示祖国的昌盛。

到处是天蓝色的诗意，财富和幸福一道扎平。你和我将同命同运，栅子是血管，楹子是骨骼，一百一十九个珠子，叠成一颗鲜红的心，每个珠子弹动，便是跳动的脉搏。

愿我短暂的生命路途上，千万千万不要染上灰尘。

撞击的剪影

撞击是一种默契，是一种创造，是一种力度的美，是一种现实与想象的拥抱。

岩石与岩石撞击，能产生火花；钢笔与纸张撞击，能流露思想；运动员的撑杆与地面撞击，意味着腾飞；设计师的构思与现实撞击，就是未来的图画……

撞击是心灵的契合，彼此相依为命。岩石离开了锤子，就没有完美的造型；枪杆脱离了子弹，还不如一条烧火棍；孩子失去了母亲的亲吻，人生的道路不知道有多少迷津……

撞击是不能停止的。人停止了步履，就不能前进；土地停止了耕耘，就会变成坟墓；火车停止了驾驶，好像冬眠的蛇，丢在路旁的烂绳……

即使我的价值只抵上一滴水，也要不断地撞击。在海上，愿与浪花撞击；在山谷，愿与瀑布撞击；在空中，愿与乌云撞击；在地上，愿与沙漠撞击。直到在撞击中死亡……

沉　默

一

　　沉默不应该像石头，不应该像跑了气的酒，不应该像丢在路旁的碎瓶。

　　花沉默了会推动青春；机器沉默了会变成废铜烂铁；小松鼠沉默了比不上一条黄瓜；蜻蜓沉默了还不如一根生锈钉。

　　即使沉默了，也应该像结冰的河流，内心深处依然不停地激荡，坚硬的河面在阳光下闪闪发光，总是以微笑的脸庞，倾听报春的喜讯。

　　你终于沉默了。你也只能沉默。因此你留给世界的将会是一串串悲惨的生命节环，一串串因被岁月禁锢时拉长的，垂挂在空中的青铜色的锁链。

二

　　有时我也沉默，沉默了就去看看花园，体验一下绿得单纯的冬青，红得孤寂的月季，香得无聊的白玉兰……

　　有时我也沉默，沉默了就去喝几瓶啤酒，欣赏一下从酒精里激起的感悟。酒和佳肴搭配更有滋味，爱从阴阳中得到调和。感情到了两种极

174

端，才有酒的飘逸；不是笑声从酒杯中溅起，便是眼泪和酒一起入肚。

　　有时我也沉默，沉默了就去写首小诗，稿纸是难以忘怀的朋友，在它的面前，可以把战栗的情绪定在小小的方框内，把沉思的头颅压得低低的……

同甘共苦

一

有人长成参天大树，有人飞成雄鹰，有人成为璀璨明星，有人化作比翼齐飞。

我成了一根红麻，你也成了一根红麻。我们生长着，母亲丢一粒种子就走了，我们生长着，我们等待着。太阳使我们发红，风雨把我抽打得笔直笔直，等到希望成花，我们不知道美丽的背后便是死亡。

我们枯竭了，在阳光下缩成一团，在一个阳光灿烂的下午，一位农夫也吐着浓烈的酒气，也把我们揉成一根线。我们走出黑色土地的时代。于是，我们形影不离。

我们捆自己，也捆稻草。

我们拉着物体，物体也拉着我们，我们试探物体的质量，物体也考验我们的力量，我们恐怕劳作，那是因为我们不想系上麻绳。我们害怕被主人遗弃，那是因我们不想腐烂，更不想被丢在路旁，像一条人人恶之的毒蛇。

我们只能紧紧地拧在一起。

二

既然我们已踏进船舱，就别再留恋堤岸了。你看那么多的人，都在向我们告别呢，管他们是嘲讽、同情、打击、忌妒、鼓励。

让我共同拉起风帆吧，此时，风向对我们非常有利，我们应该先享受一下风给我带来的愉快。

今后谁都不知道，天气预报不能告诉我们何处有鲨鱼，何处有暗礁，新大陆附近到底有多大的风浪。

但我们应该相信，无论到哪里，总有太阳星星月亮。

唱赞美诗的老大娘

"白日将黑夜逼近。"一位大娘在听基督的教诲经。春风吹得山岩静静，远处拖拉机马达声沉沉，带露珠的青叶徐徐摆动，天色依然朦胧。她一边听男女悦耳的歌，一边跟着哼唧："白日将黑夜逼……"声音从现代化的耳机里传出。

等得不高兴的儿子要下山了，老大娘拼命关掉耳机放下"赞美诗"，"呃，"她大声命令道，"你先把煤球炉打开，然后放半升杂交米煮粥吃！""知道了。"儿子不耐烦地答道。

"嗡，嗡……"数不清的小飞蛾在她的头上打转，她用"赞美诗"驱赶它们，可这些讨厌的家伙还是纠缠着人。此时，我竟然听不明白，这"嗡嗡"声是来自飞蛾的叫嚷，还是老大娘的歌声"白日将黑夜逼近"。

行乞者

　　漫长漫长的感叹号，他永远是感叹号下有力的一点。

　　他从街的那边拖着骨盆、拖着手掌来，又拖着骨盆、拖着手掌到街的那边去，从岁月的这头拖到岁月的那头。像孤单漂泊的橡皮船，在风浪中挣扎着，像阴云中的月亮，总是蒙着忧郁的面纱……

　　病魔令人双脚永远嫩弱得像白藕，而又让人不敢窥视，不忍锯割，只好反吊于背上。于是双手只得分担双脚的使命，像妻子肩负丈夫的负荷。每次的挪动，总是那么的短少，短少得如蚯蚓，但总是发出坚强有力的摩擦声。仿佛听见货物从翻斗车下滑般的沉重，铁锹插进泥沙般的纵深，剃刀在白布上磨出的锋利。

　　我在麻木的神经状态被搅醒。摩擦声未落，吼叫声即起，干脆而有力量，像每次挑担前的喊叫；像开岩工拖大锤前的吆喝；像太极拳师发劲时的哟喊。

　　在他的胸前系着一根白色带子，在离他三米的地方，站着一个小孩，他穿着一身破旧的小军装，他们慢慢地走着，拖着，拖着，走着，我突然发现小孩的衣领处有两个小领章。哦，他也是一个孩子，也想长大能当兵的孩子。

　　孩子是父亲生命的犁，一切都因由他去开拓，有了他才有童年的快乐，童年的想象，童年的追求、自由、生命。父亲是孩子的风筝，父亲又是孩子沉重的舟,舟里载着自己的生命,也载着自己的痛苦而沉重的未来。

我纵然看见,行者双手用力地撑着,全身使劲骨盆努力向前。顿时吼声抖动带子,在小孩向前迈进的同时,举起了讨乞钱币的饭盒,而两个领章分外鲜红,鲜红得亮堂堂,仿佛射出金光,刺痛了我的眼睛……

现代机器人

蓦然，一声闷雷劈疯灯光，被警笛追赶着的转球体，宫殿里鬼灯晃耀，竟拉开了一场无言动画剧。

一个癫头跛足的人，好像眼睛早已散掉瞳仁，竹竿似的双脚支撑着雨篷似的上衣，头上的毛巾抹满颜料，像战场上狼狈的伤兵；像断了胳膊似的，胳膊成摆钟，扬起了一阵阵刺耳的口哨声。

都说有一种特殊的功能，只有懂得它才算不枉人生；都说是一种艺术新潮流，专使那些功名者悟醒。可是每个关节却已脱节，手臂扮演成一个小偷似的角色，歌声紧箍咒般的疼痛，观众惊叹，自己在地上拼命打滚。

不是因为观众的好奇和多怪，把物以稀为贵当作靶心，不惜将自己改装成机器，传神地表现了人类某一种机械的内心。

听毛阿敏唱歌

这一天，我有幸面对面听毛阿敏唱歌。

毛阿敏一张口，你突然会觉得心中升起一种涅槃；如孩儿见游戏机；职工领奖金；供销员进五星级宾馆；科学家获发明专利；毛阿敏"迷"们买到"毛阿敏演唱会"戏票。

毛阿敏的歌声像外婆纺出的棉纱——细细的、长长的、洁白洁白的、柔嫩柔嫩的……

毛阿敏唱歌像牧师在讲道，所有的意志都被诱去，谁都相信自己将会是天国的一员；我也不禁跟着唱起来；期待再相逢，再相逢……

听毛阿敏唱歌，你会懂得夏天更有意义，冬天才真正温暖。

听毛阿敏唱歌之后，我认为其他歌唱演员都应该改行。

关于四季的小品

拽着春天的红线

春天快要来了，我没有别的相赠，只为您扎一只小小的风筝，我决定把这块红红的线板交给您，您愿意把它收下吗？而且请您把它高高地举起来，不要放下。假如它在地上被撞得支离破碎，您也要坚信它的意志与恒心，假如它飞得很高很远，您也不要怀疑您手中的那一根红线，一旦离开了您，它就无法生存。知心的朋友，紧紧地拽着它，不要松手，拽紧它向着春天奔去吧！

放风筝的小孩

因三月的风，才离开小孩们。风筝慢慢地、非常风采地向空中退去，有点像陪表哥跳"慢四"的姐姐。

遥望风筝，他遗忘了爸爸妈妈，遗忘了校园里的歌，遗忘了风筝和自己之间的那根线。他的心和风筝一起飞上了蓝天，多么逍遥，多么自豪，蓝天因风筝的点缀而显得更加妖娆。

忽然他发现风筝在不断地摆动，给微弱的小线施加压力，好像在抗议勒住了它的自由。他才想起物理老师讲的有关拉力和压强的原理，他才感到手中的线越来越细。

为此，他曾多次想松开手中的线，好让风筝自由地飞翔，可是，不知为什么，他还是紧紧地拉着，像盯着来回走动的讲课老师。

三十岁的港湾

我总觉得自己刚刚坐进人生的航船，但却的的确确已驶进了三十岁的港湾。

这更多的是一个黄金港湾，太阳从云中挣脱，沙滩放松着肌肤——安然入睡，洁白的浪牙笑盈盈地向我走来……

撒下网的时候，就有满箩筐的鱼虾；潜进海的时候，就有一个一个神仙般的童话；抛锚的时候，风和阳光都会同样以细腻的手抚摸你挑逗你，引你如痴如醉如眠……

但我却要驶进这样的港湾：云与浪都以绝密的武器搏斗、怒吼，汗如暴雨倾注。它用爪撕，它用鞭抽，各自让全身的皮肉垂挂，鲜血喷注，一次搏斗，就会有一次黑暗、一次内伤、一次死亡。而当我苏醒的时候已是一个明媚的冬季，无力的夕阳，假如我仍然活着。

三十岁港湾面前有两道通道，一道是凶恶幽谷，一道是金黄的河床。

鸡年之歌

你想唱你就唱吧，我觉得你只有在唱歌时才是最辉煌的。

你跳得很痛，但飞得并不远。

你吃虫养蛋，但也食过不少谷物。

你虽然能孵出一代又一代鸡崽，可是你和狗也不能到头。

请你疯狂地歌唱吧，在夜深人静的时候。在曙光莅临之前，你的歌唱才引人注目呢！

你想唱你就唱吧，我觉得你只有在唱歌时才是最美丽的，我亲爱的——我自己。

季　节

你已迎来了春天，我已迎来了秋天，我曾有过春天，同样的春天，不是一个季节。

我的春天在夜晚，冰川锁江河，枝头上蓓蕾未现，春天里有冬天，秋天里留不住春天。

秋天是收获的季节，秋天是凋零的季节。但愿我在秋天里还有些微小的收获，无论是果实还是遐想，凋零的是我的昨天。

愿你能抓住每个季节，愿你拥抱的都是勃起的季节。

走过昨天

时间是逼我看望你的时候。我向着你回去的路线走去，可是一排栏杆挡住了我的视线，我只好停住了脚步。我的迷茫是眼前的公路，尘土飞扬，疯狂喇叭声压迫疯狂喇叭声；人在穿梭，道路压得越来越深。

这是一种千真万确的事实，我们的时间都像车轮一样飞旋，泥土又不断地沾在轮胎上，我们都无法除去身上的肮脏，但我们仍然要不断地旋转。这是火烧眉毛的问题，我们的道路两头都无尽头，去也有来，来也有去，我们都无法估量何处是去路。于此，我只能张着张望的眼睛，张望你从我的眼睛里走过。

关于光的小品

有太阳的日子

晴天里有一个火辣辣的太阳，它毫无遮盖，它是一个赤裸裸性格的人。

太阳是多么伟大，但它告诉我即使太阳最伟大，也只能辉煌一整天，每一个人都应该有辉煌的时节。

太阳下山的时候，大地依然明亮，甚至夜晚，如果没有暴风骤雨，只要有星星月亮，天依然明着，这是太阳的余晖、伟人的遗产、巨钟的余韵。

晴天里如果没有太阳，我的心里也充满着希望，因它使我工作起来精神抖数，想象力异常丰富。

太阳总像一面镜子，白天正面挂着，晚上背面挂着。

与夜晚比，我喜欢白天。

与雨天比、与阴天比，我便喜欢晴天。

四季云

风在舞蹈，花在竞艳，鸟在盘旋，我们在山岩沉默、亲昵，自由美

186

丽又凄凉。四季还是四季，你与云道出我们的心境。

四季还是四季，而你却流向不远的远方，我因你而风化，树如鞭，石如弹，你在弯曲的山路上变形，如白鸽，如野兔，如牛乳，最后你如浪花，我像一块风化石被你冲得在山谷里滚来滚去。

四季也还是那个四季，只是那个四季的水新了，天新了，风停了，你变成了星星，你比以前更亮，我却看不清，到底哪一轮是你。

四季没有变，你也没有变，我呢？我却变了。

日　落

如果是画家的笔墨，怎么会渐渐暗淡？看哪，那沸腾的浪花，犹如带血的手指，带血的拳头，带血的战旗，振奋多少观潮人。它渐渐地凝固，渐渐地凝固成紫色的血块，渐渐地被无力瘦风刷黑。

哦，我昨天苍劲的狂欢舞蹈，开始谢幕，开始谢幕在山谷——那漆黑的江南坟洞……

什么耶和华呀、丘比特呀、万能的主呀，当你在这斗技场上，正遇死亡前的一刀的时候，它的神臂会将你从死亡谷里拉出。

人们啊，假如这一次美妙绝伦值得的话，那就在死而无怨的祈祷中闭上你的眼睛吧！

灯

一盏灯，拥有一个暗红色的世界。一盏灯，照得窗户红红的，红得使星星们自惭形秽，因而退缩得好远好远……

这个世界属于它，它生长在这个世界，它深深地爱这个世界。

因为在这个世界中，一切被白日所遗忘的小生命：蟋蟀、青蛙、蚯蚓，还有许许多多不知名的，都为它的光明而歌唱而舞蹈。还有眨巴着小眼睛的星星，泛着涟漪的河流，这使它的眼睛激动得发亮，以致时时常常流泪……

爱它们是因为和他们一样，发现了自己的存在，尽管这种存在是微小的，但它却能使夜宁静下来，而又不会使世界失去生命的律动。

当太阳出来的时候，它便含羞草般地闭上了眼睛。然而，当它觉得，曾生活在这些可爱的小生命的世界，最后像一名站岗的战士一样，和太阳交班时，它会感到自豪的。

关于月的对话

世人还有你我都知道，我们的结合需要几十年的追逐。

我总爱穿红衣裳，起身把自己揉得圆圆的，以便加速，走时不行了，必须得滚，因为每天，将从世界的这一头，赶到地球的那一头，满身大汗的时候，是世人所说的雨，全身发热的时候，是世人所说的阳光，但我却在追你。

我说爱穿白衣裳起身，把自己揉得圆圆的，以便加速，走时不行了，必须得滚，因为这夜，将从世界的这头，赶到地球的那一头，与你比我却冷清得多了，长长的银河，浪花点点如泪，总是哭声悠长，而山似一团墨汁，彻夜难眠。

如果我们失去了追逐，就有三种可能，要么你，要么我，要么世界，要么我们一起灭亡。

哪一颗星星最亮

漫长的黑夜，我在寻找那颗最美的星星。

初夜告诉我，是明月下的那一颗。如果圆月是姑娘的笑脸，那么它犹如一颗红痣，为美貌的人儿增辉。

午夜告诉我，是离月亮最遥远最明亮的那一颗。因为它没有附庸于月亮的照耀，以自己应有的能量，为黑夜带来光明。

而深夜却告诉我，是最后逝去的那一颗。它好像是边防的战士，为了祖国的安宁，为漫长的黑夜闪烁到底，直到太阳来临。

十五的月亮

夜深了，现出两轮明月，像一对不能重合只能相映的心。

你这颗心原来太高了，我在树下，你在树顶，我在山脚下，你在山尖上，我登上山峰的时候，你却垂挂在空中，悠悠自得地摇晃，此时，我才知道，你太高了，我永远也得不到你的。

而当我失望的时候，突然又发现，不是因为你离我太高，而是我弄错了视角，你有时很低，你在走进人家的窗户，你坐在地上，你潜在水中，此时，我又感觉到，你太低了，我随手都可以得到你。

然而，当你潜入我的脸盆，我就拼命地摸呀、摸呀，或总是摸不到你……

哦，原来你就是这样不可捉摸。

明月，我心中燃烧的湖

明月，我心中燃烧的湖，你看见我在燃烧吗？我燃烧得正旺呢！云彩是我飘荡的火焰，星星是我迸溅的火种。

我的燃烧永远不会终止，如果我尚未化为灰烬，甚至乌云笼罩不住我，甚至凛冽的朔风，也扑不灭我的燃烧。

　　我的燃烧是浑圆的，我思念是滚烫的，我在夜晚来临的时候，在你每一次梦醒的时候，在你听到金鸡啼的时候，请你轻轻地打开你那洁白的窗帘。

　　自从那一次被你点燃之后，我就开始永远为你燃烧了。

关于山的小品

一、北雁荡山

迎客僧

也许把不该说的也说了，也许把不该做的也做了，也许把不该想的也想了，也许触怒了神灵的情感，只好像树木一样呆痴地站立着，只好像岩石一样呆痴地坐着蹲着，在这渺无人烟的地方，充当迎宾的角色，一站就是一万年。

生存在风雨雷电中，凝视着千山万壑，鹦鹉在溪流上鸣呼几声，向东飞去。你是那样的虔诚，驼背已弯成曲折的历史。

来的都已来了，去的也已都去了，谁会想一想，除了迎客，你还应该拥有些什么……

犀牛望月的传说

在美丽的雁荡山下，在地主花老财的牛棚里，一头黄牛和一个牧牛小姑娘睡在一起，溪水为夜莺伴奏，花儿听得早入梦乡，星星和月亮盯得眼睛明亮。不知是上天的巧妙布置，还是人间的有意安排，他们像夫妻一样天天相伴，夏天里，它用尾巴为她驱赶蚊虫；冬天里，它用身体为她阻挡风寒。白天，她为它送上嫩草；夜晚，她为它铺好温床。有时，他们用眼泪互诉衷肠，有时，他们都长叹——感慨人生的苦乐年华……

他们年年相随，互敬如宾。

岁月虽解不开姑娘的痛苦，却把她打扮得像红山茶一样漂亮。这可痒痒了花老财的歪心。牛棚里长出的鲜花，鼻子底下结成的果实。花老财想品尝一下刚成熟的葡萄，却料不到会遭到牛尾巴的抽打，牛角的刺戳。

顽强的抵抗招来疯狂的报复，花老财呼来走狗，想把他们和牛棚一起烧掉。料准花老财的阴谋，老牛乘机背起姑娘。老牛在前面跑，狗腿子在后面追，跑呀，跑呀，追呀，追呀，老牛突然停了脚步，下面是溪水翻滚的万丈峡谷，后面是穷凶极恶的狗腿子。此时如神的老牛说话了，叫姑娘坐在自己的角上，对着她吹了一口气，然后朝天一掀，姑娘乘着牛角飞上天空去了。

从此以后，姑娘就定居在月宫里，老牛只能默默地盼望，月亮出来的时候；从此以后，老牛默默地望成一只犀牛，望着月宫里的玉贞姑娘；从此以后，在美丽的雁荡山下，流传着一个美丽的传说，传说着老牛和玉贞姑娘。

石门潭抒情

千万年的静谧，没有约定的期待，还是无知。突然这一天，你向我犟劲地投来一粒石子，金灿灿的造型，溅起我生命的浪花。

从此，我为你天长地久地启开着，等待瀑布般疯狂地砸来，盼望你能填满我的孤独与空虚。

是你不小心？是你试探我的深浅……看我等得快要枯竭了，为什么你再也没有向我投来？

于是，你就永远留在我的寂寞里，因为我已无力将你从心中推出……

天柱峰

（一）

也许你曾是一根冒着雾的香烟，含苞的芯管萌发着一颗豆芽。当我像高射炮挺起的时候，已是我祈求的时候，不愿沉默，渴望着战争的如期到来，一串串炮弹射向幽静的山谷，最好和浪花碰撞，然后溅起万丈水柱。

也许你是太阳下竖起的帆杆，只有狂风才颤动我的红帆，在海岸边扬帆，在巨大的波浪里撕碎，哪怕沉没在海底。我从大海里诞生，记得斧头曾砍掉和我连接的绳索，大海便是我的归宿。

也许你曾是，正午烈火似的太阳，闪电的时候，就是我心底里踏实的呼号，预告一场连绵的雨水，一把酒壶，江南绿尽北国冰化，整个地球在蠕动无限春光。

高山上的悬崖属于我，大海的礁石属于我，那些雪峰连着万里珊瑚、那些港湾属于我。不论是停泊还是起航，停泊有我抛锚的链条声，起航会拉响汽笛的；茅台五粮液属于我，这女人的吻醉得香郁，好像一根蜡烛，点亮了女人寂寞的夜晚。

一个孤独的身躯，只有雄鹰才能站在它的肩上，人类爬不上它的高度，没有花卉，只有一棵松树生长在它的腰间，水们无法亲近它。

（二）

如果没有高山，我将是一片汪洋，任风浪厮杀，哪里得到安详，只有地动山裂的时候才能把你砸得粉碎。

天哪，你为什么要威胁我？天哪，你为什么要威胁我？

为什么要风云威胁我？等我坐在你的门前，你就拖来一阵乌云，亿万年的风暴雨霜，凝聚成伟大意志的象征。千百种撕肉的阵痛，一副宏伟的傲骨，一杆风帆战胜每股疯狂的恶浪。

乌云炫耀着彩云，是因为自己柔弱，只有地崩山裂的时候，才会砸得粉身碎骨。

（三）

轰隆隆！轰隆隆！轰隆隆！……

哗啦啦！哗啦啦！哗啦啦！……

天空越过几万年等待之后……

山谷经过几千年沉默之后……

终于发出怒吼的声响，天柱峰以坚强的身躯，向山谷颠落。此时，万倾树木砸倒，百鸟乱飞乱叫，发出撕心裂肺的哀鸣，泥土岩石溪水烟雾弥漫。

向天空撞去，与云与烟与日碰撞，太平洋二十级台风，卷起万浪飞溅，乌云拖着巨痛的身躯散下眼泪。然后，血浆，从黑色的肉体喷出，鲜血从他肉体奔流出的时候，他也曾忍着阵痛，忍痛让风向他的身上一刀刀削着，忍痛让雨向他一针针刺着，忍痛听着流水磨他时发出的锁链般之声，它站立着哭声震动群雁。

它曾站立着，如群山握着的箭，天空因它而有亿万个愈合的伤口，乌云缠不住他的意志，天帝因他而怒吼。

太阳惭愧于它的铜之骨，亮恶它的银徽之甲，鸟雀们怕它的雄鹰之翅，腐竹恨它的横天之箫，他巨大的身躯、巨大的意志、巨大的傲骨，最终倒成巨大的悲剧。

（四）

他在悲剧中死去，他诞生于火山爆发的年代，他来源于大海鼓荡的年代，来于尘土还于尘土。

群山是他的后盾，即使死了，青松依然存在。他不需要，谁会如期送来的祈祷，特别是那些让它倾倒过的野兽们，总会迎来一个晴朗的日子。

站得久了，总要倒下去的，不以慢慢倒下去的腐蚀方式，而使自己的生命再多苟活几百年，而是选择崩溃。

凝碧潭

诞生于天上的云彩，来源于容易激动的大海，经过大山千万年的酿造。纯朴如陈年白酒，太阳激不起它的梦幻，狂风煽动它的凝练，流水搅不乱它的思绪，安详如井里蓝天，别以为它没有意志和感情，它也会抛弃你的，如果你要抛弃它，猥亵的得不到美化，平庸的得不到神化。

雁荡显圣门

我探访你的时候，其实连门槛也没有了。剩下的一边是门墩，另一边还是门墩。不知是哪个年代，不知是山洪海啸，还是地震火山，分离了两片应该相依偎的大门。

想象不出它们该有多少感慨……

于是，只有岁月的风雨云浪或空气尘埃，告诉着它们的距离，而它们只能让红红绿绿的装束，向着焦枯的季节退化。它们只能对视。

我想假如门失去了会成为永远，假如一场大水吞没了它们的视线；或者假如生命仍然依旧，即使它们相处得极为涸窘，我相信思念也会成为永远。因为水也有透明的时节。

雁荡雨

或嬉笑怒骂，或笑里藏刀，或如暗地里约会的情人，或如惯于耍花样的家伙，这就是雁荡山。

我来自江南沿海，曾见着十二级台风，还夹着暴风骤雨，但还不如今夜的雁荡雨。我从疲倦中被它惊醒，而刚躺下去时，还是毛毛细雨，这犹如千万个呐喊的幽灵，向这里呼唤着什么，我不禁将头伸出窗外，溪坑中，几只手电筒从隔壁的楼中摇晃着，而溪潮像几万只巨人的手臂，挥舞着溪边的墙，从上而下飞速倒塌，不时地发出绝忘的呼声。旅馆里人员通知所有的旅客下楼，到隔壁去躲避。

这时夫妻峰仿佛要倒塌的样子，而每一条溪流都咆哮起来……

危险期过后，恐怖的声音渐渐远去。

而从惊醒的梦中时刻，窗外却是一轮皎洁明月……

第二天早上起来，狂风消失了，万里无云，太阳散着炽热的光，溪流早已退去，一如昨天无漾，溪蟹无事地爬出，所不同的是，在溪水滩上，许多农民争先争抢着，争抢着被昨夜大水冲倒的树木……

我似乎理解了，奇异的风景，都来自奇异的气候。

二、中雁荡山印象

玉甑峰

都说是玉皇大帝东巡，因留恋江南的美景，竟遗失了手中的黄金印，在这山清水秀的地方。

你在村民们的心目中至高无上：上帝、玉皇大帝，祈求不是分取黄金，更是你的地位下的威严。纵然筋疲力尽，依然手捧清香跪在你的脚下。

而你被圣洁的雾笼罩得结结实实，尽管千年的骨头都化成群山腾起的呼喊，始终见不到你八月一样的期望。伟大的想象，总是有伟大的缩影，你被安放在大自然的博物馆里。

在你的面前我是一只萤火虫；在你的身上我是一只蚂蚁。

访玉虹洞

百岁老人，在玉甑峰的香炉边目空一切。

多少次沉醉的山峦，只一阵秋风招来，几番厮杀，几次情变，而在峡谷里的巨大的音响里，只播放着一池绿波。

眼前变形的云雾，那只是单调的乳白色。烟雾把游子乘载，没有浪涛，只有闷香。

也许是，也许是感化，我和香升入云端。

观仙人脚印

总以为，是平坦的道路，可就在刹那之间，才发现自己的脚，踩进了仙人脚印，踩进了千百万年的深度。于是，涛声震落中雁荡山的树叶，转身回头的顿刻，远古的潮水早已退去，而深深的足迹已冻结在我的胸前。

在脚趾与脚趾之间，留下了无法抹平的波纹，脚跟那边，在水柱巨大的压迫下，陷进了一个深深的感叹。

如果留下的是马脚，千古之恨，难道就为这一失足？何况你是神仙呢，神仙也有失足的时候。

和你一样，我也有双脚，踏遍青山，枯黄后又生长，虽然我有燃烧的柴火，虽然我有古铜色的脚板，最终还是被岩石融化。

不，你分明是在腾云驾雾中。飞起双脚，意想不到，你能踢出我所渴望的世界。

枫　叶

在高高的山上，在枯萎的土地，在争议的季节，我的眼睛被你点燃成彩云。你诞生在灰色的空气中，朝我的窗户微笑而来，当你的巧克力化在心头，我便露出了绿芽，鲜红的嘴唇，布满铁网的瞳仁，我如酒杯边沿上爬满的星星。

你思想的根须相连着，在看不见的深处，像电话奔走于我的血脉中，山谷响起你的铃声。而我饥饿的石头，撞碎成泥沙，在我告别了泥沙的时刻。你却闭在呼唤里，红红绿绿的童声里。

毛　竹

自从你诞生的那天起，就挣扎在岩石与泥土的蒙面和排挤之中。

你在挣扎中破土了。你终于认识了一个陌生的空间。于是，你开始阅读这个世界：黑色的空气，黄色的江河，狡诈的官场，抽签似的爱情，开放在坟墓上的鲜花……

每一场经历，都形成一个环节。于是你终于长成一个高大的身躯，于是你长出的叶子似剪刀，似燕子。

你想用它去剪断自己的痛苦与忧愁，剪断人情的淡薄与冷酷……

你想自己能飞起来，能与太阳群星交流，让人们永远夸耀自己的位置……

然而，你也根本剪不断什么，你依然飞不起来，因为那是软弱的叶子呵！

你终于沉默了。你也只能沉默。所以你留给世界的将是一串串悲惨的生命环节，一串串因受岁月的禁锢，而垂挂在空中的青铜色的锁链。

柳　杉

一座座屹立的宝塔，一把把撑开的雨伞，日日夜夜地站岗。岩石一样坚强，多少年代风云从身边流过，反复更替的枝叶压在背上，依然挺立在蓝天下。白云一样纯朴，污泥沾染不了你的身躯，红枫的舞姿，动摇不了你的思想。溪水一样爽朗，纯洁了所有的花草树木，布谷鸟在向你诉说，你是鸟儿们幸福的梦床。

你的愿望是绿色的，你的愿望是高尚的，生前为自然增添春色，死后为人间树一尊雕像。生前是一个形象，死后是同样的名字——柳杉。

小溪的沉默

风暴，昏天暗地的风暴，在昨夜消逝。此刻，连被抛洒在幽静荒僻的小径的那些残余的泡沫，也翻了白眼。

黎明，带着春花一般的娇艳和诗的抒情，升起来了。天空展现出湛蓝的安谧。

小溪，已经从不可抑制的激动和哀伤中，转入内心冷静的思索。

看远山如黛，远山如黛……

一只小鸟在呼唤

这是被一场大火吞没的山野，虽然春风使野草重新长出绿色，许多的大树已成为乌黑的枝干。一只鸟儿站在一棵被烧焦的树上，它似乎是在歌唱，是为新绿的野草歌唱，是为了枯枝哀鸣，是为异性而召唤，我听不出，我只看见，它毫无顾忌地，放声叫喊，多么孤独，多么响亮，几乎整个上午，它都在叫喊，我才感到，它叫着一种绝望。

落叶的时候

落叶的时候，就是落叶的时候了。

落叶的时候——

不管是红的黄的绿的……一切的叶都会狼狈不堪，宛如一面面下降的旗帜；手臂没有肉了没有血了，干巴巴的，谁会站在骷髅边照相；太阳使其抛下一块魔爪，风使其变成抽打云的鞭；最华丽的辞藻，在他的嘴里，也会变成粗制滥造的磁带。

落叶的时候，就是落叶的时候了。

然而落叶的时候，并不是枝干离开了土地。

三、名山随感

黄山印象

雾来时，看雾的风采，雾走时，看岩的风采，岩远时，看松的风采。

岩石与松树邂逅时，是一幅图画；雾与岩石邂逅时，是一支小夜曲；雾与松树邂逅时，是一首没有标点的朦胧诗。

如果岩石是沉思的头颅，如果松树是圣洁的主题，那么云雾便是腾飞的翅膀。

真正的爱情，不仅是种邂逅时的默契，它应该是一种创造，一种生命意义的升腾。

诺日朗颂歌

雨像生产队分谷一样，均分到每根小草的叶条、松树的针叶、石头的凹处……滴入所有泥土和石块的空隙，沿着泥土的纹路，流向小溪，汇集于海子，然后注入水。柳的根部，突然前面是宽广的深渊，像穿白衣的姑娘们踩空了脚似的，连人带衣向悬崖扑去。

登天都峰

头是绝妙的景色，脚底是万丈的深渊，眼前是陡峭的石阶，此时此刻，我才觉悟到，有时美丽会是死亡的近邻。

为了美，为了生存，我的中枢神经像绷紧的弦，什么存折、啤酒、诗集、职位、女朋友……一切一切的欲望，都被酥软的双腿抖个精光，然后，被凸显的岩峰撞得粉碎，随云雾飘向远方。

哦，为了美和生存，原来品尝的竟是这种狼狈的滋味。

当一道道险恶的关口，被我踩在脚下，当我终于登上峰顶时，那些金钱、美酒、名誉、地位、爱情又和云雾一起向我拥来。

哦，为了美与生存，难道这就是我的全部。

森林、太阳、人类

（一）

眺望，错落有致的树木像宝塔一样屹立。大山——林工的母亲，而默默无闻地站岗的就是林木；仰视，每一棵都像一把把巨大的绿伞，能挡得住变幻的风云雷暴，能支撑得起天空；侧看，每一枚叶片像一块块隆起的健美的肌肉，枝条是臂，手挽手，向更高的山巅登攀。这就是森林——它使叠翠的峰峦惊涛拍岸，从不流干空空荡荡，到处都是美丽而丰满的姑娘家穿上节日的盛装。峰顶是鼓荡的乳房而又没有袒露的迹象；这就是森林——婀娜多姿而又不庸俗，有力度而富有内涵，有力量而不剑拔弩张；这就是森林的精灵，生命的律动，青春的象征。

（二）

森林里的太阳不会圆圆的，它的光泽是柔和的，因为它是从宇宙的血管里流出的血液，洒向每棵树木；它不是红红的，血红的已被树林所吸吮，它是紫绿色的。因而，它没有像车轮一样滚滚而来的气势，飞旋的轮子已被枝叶所刹停，只能是挂在枝头的摆钟，它没有像轰隆的炮声那样发出巨响，向森林发布什么宣言，它的声音已渗入年轮。但你可以听到一棵棵树在呼吁，请不要伐倒我！因为我和你们一样，都是这里的主人……

（三）

如果说，太阳是森林的母亲，那么，森林便是太阳的骄子。不是吗？森林是人类的天使，太阳把光明留给森林，森林把春色带给人类；太阳把血汗留给森林，森林把纯洁送给人类；太阳把呐喊留给森林，森林把歌声送给人类；太阳把郁香留给森林，森林把生命献给人类。于是，我们懂得，没有森林就没有人类，没有太阳就没有森林，面对森林和太阳，我们便会心旷神怡，遐思绵绵……

关于水的小品

一、凝望大海

观　潮

阳光下，浪花鼓荡着浪花，是八月收获的打谷场；风像一部推土机，把海平面推成一张彩色的宣纸，激起海鸥的灵感，它向海面冲去如一支笔，尽情创作自己的作品。

是的，收获是愿望的兑现；遐想是理想和现实碰撞时所迸发的火光。然而它却是一个横断面，而你往往会以为，它只不过是一个供你嬉戏的大草原，无论是雄鹰还是牛羊，都能得到自由的境界，美丽的图画……

我之所以为急流的翻腾而称绝，不仅因为它是向上的一种生命和力的象形，而是它给我许多启迪；一个微波细浪的大平面，往往在酝酿着矛盾、酝酿着升腾、酝酿着爆炸。而我却更喜欢浪花搏击着浪花，所掀起的坚强的水柱。所以如果要远航，我一定选择浪花搏击浪花所崛起的壮观的那一刻。

潮　涨

血管扩张成电缆，脉搏快得像倒米，脸红起来了，眼睛红起来了，甚至连脖子也红起来了，于是你的脚步像马群一样轻盈地向我奔跑而来。

我是野人，白天是我驰骋的草原；夜晚，你是我思绪的天空。我是野人，我需要归宿，我需要思想。

你从哪里来，你到哪里去，我从太平洋来，到我需要去的地方。那些空虚，需要我去充实，那些焦虑，需要我去融解，那些饥荒的河道，需要我去愈合，因我是潮，因为我在涨潮。

潮　落

圆圆的浪花与圆圆的浪花之间锁成的矛盾，纠缠一群因偷情被捉住的囚犯，拖着锁链所发出的黄铁锈的金属碰撞声，朝悔恨的监狱走去……

而海鸥——这条飘扬洁白的手绢，企图擦干这日益滋长的浓苍，然后想恢复它的生机。

然而，完了，一切都完了。那些鱼、鲸，还有那些杀人不见血的章鱼，遗留给你的是鬼号的荒漠，战栗的风，以及空气中蔓延的腐烂气息。而在淫雨菲菲的紫色峡谷中，隐约着焦枯的岩石，堆积成山的骷髅。

候　潮

太阳月亮在争吵，一个说我是等潮平，一个说我是等潮落，他在寻找，他在沉迷，我在早上候潮也在黄昏候潮，为什么候潮不可以是寻找，为什么候潮不可以沉思，黄昏是为了早晨，早晨是为了黄昏，没有沉思怎么寻找，没有寻找需要沉思干什么？

他们为什么要争吵，因为太阳知道我在等潮平，月亮知道我在等潮落，月亮看见我在沉思，太阳看见我在寻找。

海 浪

（一）

太阳都温柔成一个蛋黄，世界正张着粉红之口迎接你呢，老弟呀，捕捉吧，快冲上去，不然，就要变成一只气球上天了，趁着这野性的年龄……

（二）

理想的梦是彩色的，紫色的梦最多，如晶莹剔透的彩石。彩石躺在海滩上，随便捡一块，都有一个美丽的传说。假如石头会唱歌，那一定是我梦中的情调。

（三）

风是没有停止的日子，所以，浪永远奔腾着。有时像列车驶过来，没有汽笛，只有轮辙有节奏的击拍声。有时如羊群赶过来，洁白的身子弹个不停，我们参观棉花丰收。海滩上，一位姑娘想与海一起摄下浪涛所掀起的壮观，结果冷不防被海浪溅湿全身。这时，旁边的一位中年男子正在狠狠地嘲笑她对海浪的无知。突然，一阵海浪凶猛地向这位中年男子扑来……

（四）

我们是踩不住浪的，曾经是最美丽的我躺在沙滩上。仿佛命中注定，浪只能撞击着、冲锋着、寻找着。无论是哪一种动机，浪总是扑了个空。不管是哪一种欲望，浪总是在沙滩上，你在不停地消失，呐喊、呻吟、细语，山激动了你，海鸥回头了吗？太阳变样了吗？

二、河面印象

水的立体面

有些人走过空中，有些人走过桥头，有些人走过水面。你看着前面走，他看着旁边走。来也匆匆，去也匆匆。

他们去干什么，他们想着什么？

水——桥——天，一份履历表，登记着人生不同的足迹。

我是一个收藏履历表的人，总想看看他们的近况。

船与水

对于船，水便是路。木头、钢板或者其他材料做成船后，就离不开水了，像鱼一样。

对于水，船是负荷，如农民肩上的重担。没有船的水面就是一张废纸，空空荡荡。

船如一支钢笔，只知道默默地流淌主人的思想，不知道如何自耀自夸。

水有时候巧如媳妇手中两块分离的布，被结合得天衣无缝。但水有时却是魔鬼，会伸出魔爪将它撕碎，甚至把它吞没……

然而无论水如何叫嚷，如何残暴，自始至终都在船的下面。因此，从这一点来讲，水永远是船的奴隶。

船

我从未乘过爱情的船，更不知道它颠簸在通往孤岛的路上，还是驶向星光荧荧的港湾。

在只知道有一只船，不久以前沉没海底，它只能倾听鱼们谈论——珊瑚般的神话。而海的女儿总是反复地忠告，船其实与神话无关，于是，我的梦渐渐挤出青苔，全身在章鱼争持下，开始腐烂。

你，不知深浅，你需要船吗？我这只拥有月亮的船——你喜欢吗？那就把我打捞上来吧，假如你不知道后悔的话。

一个乡村女跳水高手

从富裕的大门走来，从同样钦佩的目光里走来，从藏在几千年的皱纹中走来……

顷刻，所有的眼睛都被她三点式装束猎走了。

凝视着眼前千百顷风波，在跳台上你深深地吸了一口气，缓和了胸脯剧跳的美丽的矛盾。于是你用一种彩虹般的造型，激起了水面一串串洁白的赞叹！

水面断想

真没想到，今天我们的眼前，竟有这样蔚蓝、这样宽广、这样温柔的水面，又有这么多空着的小船。你说你从未试过，而我虽然划过不少遍，却没有坐过这种船。

我们终于开始航行的时候，我的心仿佛是太阳下的微波——金光莹莹。尽管你的心却如船一样起落颠荡。你果然不会划，滑稽的样子宛如初握筷子的幼儿。我知道这是由于你的桨没有深入水底；我知道你的体格还不足以能划出深桨的力度。

为了那边——肯定很美妙的境界，我手把手教你，但你总是千般万般地不依，而我还是用我的心来带你，哪怕我们的进展速度，依然是这样的不尽如人意……

既然有远航，也就有归航。我们收起了桨，我想至于将来还用不用它们，我一人自然无法知道，然而，这两把桨的印象，却会永远储存在我的脑际。因为在我短暂的人生旅途中，曾经用它和你在一只船上，划过一段别有风味的艰难……

河　蚌

柔软的躯体被一对坚硬的躯体包围着。能自由地张合，一旦合拢，就连水的暴行也不能制服它。如果得到它，它就为你永远展开着……

但此时，你千万别以为它已失去魅力而将它抛弃，在它内心，你还能得到一粒珍珠，一颗不停在闪耀着希望的星星。

西湖猜想

晴日的西湖在起舞，浓淡相宜的妆束，在阳光下生辉，游人从不同的角度拥有……

绝伦的表演在于多姿的舞步，不同语言的赞叹，各种船只的机器，已成为一种多余的交响。

或许是玉帝一时疏忽，或许是他卖弄天都的诱惑……突然间，一条金光莹莹的薄纱巾，把我从呆痴中拂醒。

河畔拾起的那缕思绪

你可曾记得那天晚上，虽然我们没有依偎，虽然我们看不清对方，但彼此都能体会到：跳得比捣米还响的心；红得比紫铜还紫的脸庞……

湖面的波浪，曾鼓荡着我矛盾的思绪，可是我们最后的意志，都像岸边的树木一样坚决：我坚决向你冲去。你坚决令我躺成一个冷冰的夜晚。

一次尚未填满的履历，往往永远折磨着人的神经。即使半年像半个世纪一样地度过，即使一切一切的过程，在我的脑海里都翻成一页页皇历，而你的那句——我虽曾疑惑但始终惦记的话，依然清新如洗，慢慢地发酵我们的情愫。

野水鸭

不知是上帝的旨意，还是大自然不可或缺的构成，只能以肚皮代脚，你根本无法看清，它挪一步时尺寸到底是多少？为了填饱自己的肚子，它开始挪动，从树根挪向树顶，从这棵树挪向那棵树，从这个季节挪向那个季节，像野水鸭在河面上无休止地盘旋。

滚过山岗，草们洗耳恭听，鸟儿惊得恐叫，新剃发的和尚拿着经书跑向大雄宝殿，此时，殿内响起木鱼和诵经声。一场大火曾使它沙哑，几百年的忍耐，闷得它成黄泥堆，像野水鸭在河面上无休止地盘旋。

就在起航或停泊的那一刻，人们才为你所发出的铁链声而拥抱而落泪，无论是航行还是停泊，都静静地靠在船板上。人们即使寻不到风景，也宁愿阅读星星那没有文字的句号。

水月亮

水如月，月中有水，水中有月。

原来，你竟在水中。

我原以为你太高太远了。我在屋里，你就在窗外；我凝视你，你也凝视着我。于是我向你追去，你只顾离我而去。我在树下，你却躲在树的年轮里；我追到山脚下，你却藏在山坳中；我登上山顶，你却升上天空……

现在，你竟在水中，离我不高也不远。

于是，我朝沙滩走去……

天知道，我并无意将你打碎，我只想把你捧住，我突然发觉，你又合成一个完善的整体。

此时此刻，我终于明白了：不是你不可捉摸，原来水便是月，月便是水。

等待渡船

必须进入你的舱室，才能到达那个岛屿。是的，我一切都准备好了。但当我迈开步履的时候，你已离岸而去，而历史的经验又使我不能叹息、不能诉说、不能呐喊……

毅然而去，你从不回头一瞥，而我竟把你的长笛声当作对我的忏悔，我只能与浪花喃喃些什么。

"啪——"一阵巨浪猛然相击，如惊堂木、如大树撕裂、如房屋倒塌，轰我、砸我、埋葬我，使我豁然悟得：我不过是一个匆匆而过的游客，需要你的人实在太多太多。有我不多，没我不少。你已麻木成系在太阳上的秋千——阳光是绳索——荡来荡去，荡去荡来。

是的，一切都已准备好了，我一定要到那个岛屿去，现在必须进入你的舱室。

我只能等待，只能等待下次荡来的你。

后　记

　　各位朋友手里这本书中的文章，时间跨度有二三十年了。就文学作品来说，什么样的题材我都写，诗歌、小说、散文、报告文学都有所涉及。但这并不说明我是一个多面手，自己有多么厉害，恰恰相反，题材涉及得多了，要写出好文章来就难了。我认为一个作家，就是一个手艺人，写那么几篇文章，千万不要以为自己有多么了不起，整天沾沾自喜。我认为一篇文章的成功，作者能分配到的成绩是很少的，因为你书写的东西，大部分都不是你自己所固有的，而是学来的、看来的、听来的……题材写得多了，要出一本书就困难了，因为出书必须有一定数量的作品积累。

　　写文章难，出书就更难了。大多数人都有自己非凡的经历，许多人都想把自己的经历写成书，我就碰到过好多这样的人。由于出书要花钱，家人往往都会反对，所以真正能出书的就少之又少了。因此我这本书能顺利付梓，我把它看作自己人生中的一件大事。本书的出版得到了柳市镇人民政府的大力支持，特别要感谢赵乐强先生、包光许先生、陈霞女士。没有他们的全力支持，本书也不可能出版。还要感谢东君、张艺宝、陈尚云等朋友对本书的良好建议及提供图片资料。在写作过程中，特别是文史部分，借鉴了同道们的成果，虽标出了一些出处，可能还有遗漏的地方，有对不住的地方在所难免，还望多多包涵。

孙　平

2021年2月